dtv
premium

Michael Schulte

Der Frühstücksdirektor

Roman

Deutscher Taschenbuch Verlag

Originalausgabe
Januar 2004

www.dtv.de
Umschlagkonzept: Balk & Brumshagen
Umschlagbild: © Quint Buchholz/Sanssouci
Satz: Greiner & Reichel, Köln
Gesetzt aus der Garamond 10,5/14,5'
Druck und Bindung: Kösel, Kempten
Gedruckt auf säurefreiem, chlorfrei gebleichtem Papier
Printed in Germany · ISBN 3-423-24371-6

I

Ich war sechs oder sieben Jahre alt, da fing ich in einem versteckten Winkel des Gartens an, ein Loch durch den Erdball zu graben, um am anderen Ende der Welt rauszukommen. Nach meiner Vorstellung in China oder Australien. China wäre mir lieber gewesen, da hatte ich so manches gehört und in illustrierten Büchern gesehen – von wundersamen gelben Menschen in langen, bunten Gewändern, von Drachen und einem Kaiser, der sich Lieder von Nachtigallen vorsingen läßt. Aus Angst vor Attentaten schläft der Kaiser von China jede Nacht in einem anderen Quartier. Er verkleidet sich als Wanderphilosoph, als Bettler, als Soldat oder als Vertreter für Frühlingsrollen, weswegen er auch *Der Kaiser der tausend Masken* heißt. Er übernachtet auf Parkbänken, in billigen Absteigen, bei armen Köhlersleuten, aber niemals in seinem Palast. Tragische Verwechslungen sind die Folge. Immer wieder werden völlig harmlose Menschen für den Kaiser gehalten und ermordet. Und in China ist die Schule anders, man malt den ganzen Tag geheimnisvolle Schriftzeichen in sein Heft, und der Lehrer erzählt vom Bau einer Mauer, die so hoch ist, daß niemand drüberklettern kann. Es gibt keinen Religionsunterricht und darum keine Frau Feuchtlein, die die Kinder an den Haaren zieht, mit einem Lineal auf die Finger schlägt und einen zwingt, blödsinnige Lieder auswendig zu lernen. Jesus vergibt alle Sünden, erzählt sie, aber bei ihr darf man nicht einmal Schiffchen versenken spielen, ohne bestraft zu werden. Am Ende der Stunde kommt der Mann von Frau Feuchtlein, um seine Gattin abzuholen. Er hat senffarbene, ungewaschene Haare und eine lange Nase, an der sommers wie winters ein Tropfen hängt. Wenn er das Klassenzimmer betritt, sagt er: »Grüß Gott, liebe Kinder.« Dann fragt er seine Frau: »Waren die Kinder auch brav?« – »Es geht so«, sagt sie. – »Du bist viel zu gutmütig«, sagt Herr Feuchtlein mit seinem quetschigen Organ, »du mußt härter durchgreifen.«

Das Projekt mit dem Loch scheiterte. Nachdem ich eineinhalb Meter tief gedrungen war, hatte ich Schwierigkeiten, den Spaten mit der angehäuften Erde über meinen Kopf zu heben und auf die Wiese zu leeren. Außerdem hatte Herr Hubert, der Hausmeister, das Loch entdeckt und gesagt: »Was meinst du, was los ist, wenn da jemand reinfällt und sich ein Bein bricht!« Dann nahm er den Spaten und schaufelte meinen Fluchtweg nach China wieder zu. Also blieb ich zu Hause und ging weiter in die Schule und trödelte auf dem Heimweg und drückte mich vor den Hausaufgaben und stocherte freitags beim Mittagessen in dem glitschigen Fisch herum.

Während der ersten Jahre bin ich immer in der letzten Bank gesessen; schließlich fand ich heraus, daß man in der ersten Bank viel besser schlafen und träumen konnte, da der Lehrer gewöhnlich neben einem stand, das Augenmerk mißtrauisch auf die letzte Bank geheftet, die seit Generationen weltweit als Oase der Faulenzer, Penner und Taugenichtse gilt. Doch da vorne durfte man ungestört dösen, sein Tom-Mix-Heftchen lesen, Geburtstagsbriefe an irgendwelche Tanten schreiben, Papierflieger falten oder Fingernägel feilen.

Die einlullende Stimme des Geschichtslehrers lieferte Anregung und Untermalung zu Filmen, die vor dem inneren Auge abliefen. Eine Vielzahl verwegener Biografien, chronologisch nach Epochen geordnet. Mit nur geringer Neigung zu Aufenthalten im Freien und körperlicher Betätigung ausgestattet, dafür umso lieber in geschlossenen Räumen sitzend, bin ich ein lausiger

Höhlenmensch. Wenn die andern mit ihren Keulen auf Mammutjagd sind, drücke ich mich bei den Frauen rum, helfe ihnen beim Flicken der Fellschurze, versuche mit unendlicher Geduld, ein Feuer zu entfachen, oder male schöne Bilder auf die Felswände der zugigen Behausung. Es ist noch nicht üblich, seine Bilder zu signieren, aber es ist ein angenehmes Gefühl zu wissen, daß sie in dreißigtausend Jahren ihre Bewunderer finden werden. Natürlich bekomme ich von der Beute nur die schlechtesten Stücke ab, den sehnigen und unwahrscheinlich zähen Unterschenkel eines Bisons, die Innereien von allen möglichen Viechern, die kein Mensch essen mag. Ich würde zum Skelett abmagern, steckte mir die ein oder andere Frau nicht gelegentlich einen proteinhaltigen Leckerbissen zu.

Im Alten Ägypten geht es mir bedeutend besser. Gottlob hat man mich nicht zu den Arbeitstruppen zum Bau der Pyramiden abkommandiert. Mit Hundertschaften schwitzender Männer Felsquader aufeinandertürmen ist nicht mein Ding. Ich verbringe meine Tage in einem kühlen Gelaß unweit des Palastes, trinke Kokosnußmilchlimonade und denke mir Hieroglyphen aus. Bei Sonnenuntergang kommen die Gelehrten und Priester, Abgesandte des Pharaos; können sie erraten, was das neue Bildzeichen bedeuten soll, wird es in den Schriftkodex aufgenommen, wenn nicht, muß ich mir etwas Neues einfallen lassen. Die größten Schwierigkeiten bereitet mir ein Symbol für ›Konkubine des göttlichen Herrschers‹. Es muß deutlich erkennbar eine Frau sein, darf aber der Angetrauten nicht zu ähnlich sehen. Ich ritze ein paar Schamhaare in die Tontafel und zeichne einen sinnlichen Mund darüber. ›Du hast wohl einen Knall‹, sagt der empörte Oberpriester. ›Diesen Saukram will ich nicht gesehen haben. Schmier da sofort frischen Lehm drüber.‹ Ich verschiebe die Lösung des delikaten Problems auf später. Mein vornehmster Auftrag besteht darin, die Taten des Pharaos für die Nachwelt festzuhalten. Ich schreibe den Text erst einmal ins Unreine und übertrage ihn dann in Hieroglyphen. Dieser Ramses, in dessen Diensten ich stehe, ist mir äußerst zuwider, ein vor Eitelkeit fast platzender Ausbeuter, ein im Luxus schwelgender Geilspecht, der sich für den Sonnengott persönlich hält und über den IQ eines Nilpferds verfügt. Aber was soll's? Ich werde dafür bezahlt, diesen Dickwanst über den grünen Klee zu loben, genauer gesagt, mir obliegt es, bereits zu seinen Lebzeiten eine Art Nachruf zu verfassen. *Ramses, dem Karfunkel des ägyptischen Reiches, weiser Lenker seiner Untertanen und kühner Krieger, dem keiner an Geschick und Güte gleichkommt, hat es gefallen, seinen Geist auszuhauchen. Sein Volk vergießt mehr Tränen als der Nil Wasser führt.* Ich übersetze den Text in die von meinen Vorgängern und mir ersonnene Bilderschrift. Sollte es späteren Geschlechtern jemals gelingen, die Hieroglyphen zu entziffern, wird der Text um einiges schlichter als der Entwurf klingen: *Ramses Krieger tot. Ägypter heulen.*

Das Schuljahr war zu Ende, es gab Zeugnisse. Sibylle Kornrumpf, die Oberstreberin der Klasse, rief, so daß es alle hören konnten: »Ich habe keine einzige Drei.« Und ich rief: »Ich auch nicht.« Wenn die Mutter lange genug über die miserablen Zensuren geschimpft hatte, ging es ab in die Ferien. Die Großmutter aus Hannover hatte uns, meine Mutter, meine Schwester und mich, nach Sylt eingeladen. Wir wohnten in einer Pension in der Nähe des Strandes. Nach dem Frühstück wurden unzählige Semmeln aufgeschnitten, mit Butter bestrichen, mit Wurst und Käse belegt und in Tüten verstaut. Am Strand durften wir wegen des ausgiebigen Frühstücks nicht ins Wasser, mindestens eine Stunde müsse man warten, aber nach einer Stunde wurden die Semmeln ausgepackt und in meine Schwester und mich gestopft, danach durften wir wieder nicht ins Wasser. Kaum hätten wir ins Wasser gedurft, mußten wir uns anziehen, um in einem Restaurant das Mittagessen einzunehmen, wonach wir an den Strand zurückkehrten und wegen der warmen Mahlzeit gleich zwei Stunden nicht ins Wasser durften, und ehe die zwei Stunden um waren, ging die Großmutter los und kaufte bergeweise Kuchen – Bienenstich, Schwarzwälderkirsch, Schillerlocken – lauter Zeug, dem wir Kinder nicht widerstehen konnten. Danach durften wir erneut nicht ins Wasser, und dann war es bald wieder Zeit, in die Pension zum Abendessen zu gehen. Es war die reinste Mastkur. Meine Schwester und ich saßen den ganzen Tag in unsrer Sandburg, sahen den anderen beim Schwimmen und Wellenreiten zu und nölten, weil wir nicht ins Wasser durften. Die Großmutter und die Mutter erzählten uns abwechselnd Geschichten von Kindern, die mit vollem Bauch ins Wasser sind und sich monatelang mit Magenkrämpfen im Bett und auf dem Fußboden wälzten und dann nie wieder aufrecht gehen konnten.

Um viele Kilo schwerer zwängte ich mich im neuen Schuljahr in meine erste Bank, hörte in den meisten Fächern nicht zu, dämmerte in der jedermann erinnerlichen Miefglocke dahin, träumte mich weiter durch den Geschichtsunterricht. Griechenland und Rom waren dran.

Ich bin auf dem Marktplatz in Athen und besorge ein paar Zutaten, die meine Mutter fürs Abendessen benötigt, Ziegenkäse, Ziegenjoghurt, Ziegenbrühwürfel – man muß sich alles gut merken, weil der Einkaufszettel noch nicht erfunden ist –, da kommt wieder dieser Sokrates um die Ecke und verwickelt mich in ein Gespräch.

»Höre, mein Sohn, ist derjenige weise, der seine Hausaufgaben macht und nach Wissen strebt, oder ist der als weise zu bezeichnen, der nachmittags über den Markt scharwenzelt und Weibern nachstellt?«

»Zweifellos ersterer, o Sokrates.«

»Und warum brütest du dann jetzt nicht über deinen Hausaufgaben?«

»Weil mich meine Mutter einkaufen geschickt hat, o Sokrates, und was die Hausaufgaben anbetrifft, habe ich nicht die geringste Lust auszurechnen, was ein Pfund Oliven kostet und wann die beiden Marathonläufer sich treffen.«

In diesem Moment überquert mein Klassenkamerad Platon die Straße; zu spät erblickt er seinen Nachhilfelehrer Sokrates, zu spät, um Reißaus zu nehmen, denn schon hat Sokrates ihn gesehen, und dunkelblaue Zornesadern überziehen Schläfen und Stirn des Philosophen.

»Hab ich dich erwischt, du Rotzlöffel!« brüllt er. Eine Fontäne glitzernder Spuckebläschen sprüht in Form einer Hyperbel über die Marktstände hinweg und zaubert einen kleinen Regenbogen in die griechische Nachmittagsluft.

Ich mache mich aus dem Staub und suche Xanthippe auf. Zwar habe ich diese Frau nie gesehen, doch ich bin überzeugt, daß sie gar nicht so übel ist. Ich kann mir gut vorstellen, daß ihr die ewige Fragerei ihres Mannes allmählich auf die Nerven geht. »Ist diejenige eine gute Ehefrau, die den Gyros anbrennen läßt, oder die, die ihn nicht anbrennen läßt?« Das hält kein Mensch aus. Vielleicht sollte ich zuvor noch schnell auf die Akropolis hochgehen und in einem der zahllosen Tempel einem der zahllosen Götter etwas von dem Ziegenkäse opfern, aber ich weiß nicht, welcher Gott der richtige Ansprechpartner für mein Vorhaben ist. Außerdem wäre ich dann noch verschwitzter, als ich es jetzt schon bin, und die Akropolis habe ich noch nie gemocht, wegen der Millionen Fliegen, die sich auf den Opfergaben niederlassen, verdorbenem, bunt schillerndem Fleisch – ein Brodem herrscht in diesen Tempeln, daß es einem den Atem verschlägt, mir war es von jeher ein Rätsel, wie diese pestilenzartig stinkenden Spenden die Götter gewogen machen sollten. Die Adresse des Ehepaars Sokrates kennt jeder in Athen. Ich brauche keine zwanzig Minuten zu ihrem schlichten Haus unweit des Zentrums. Die Straßenhändler liegen erschöpft und dösend in den schattigen Torbögen, es ist ihnen egal, ob sie heute noch was verkaufen; am Abend, wenn's kühler ist, werden die Reste zu den Tempeln getragen und Merkur, dem Gott der Händler, auf den Altar gekippt. Ich klopfe an die Haustür. Xanthippe, mindestens dreißig Jahre jünger als ihr Mann, öffnet. Sie lächelt und ist unheimlich sexy.

»Komm rein«, sagt sie.

»Mein Name ist Mikolopulos«, stelle ich mich vor, »ich bin ein Schüler Ihres Mannes.«

»Meinetwegen«, sagt sie. »Ich habe noch eine Amphore Retsina in der Küche, wie wär's?«

»Gerne«, sage ich, »ein Gläschen kann nichts schaden.«

Sie führt mich ins Wohnzimmer. Herr und Frau Sokrates sind einfach, aber geschmackvoll eingerichtet. Zwei Marmorsofas, ein paar Büsten.

»Hast du was dagegen, wenn ich in meinen Morgenmantel schlüpfe?« fragt Xanthippe.

Sie verschwindet, wenige Minuten später kommt sie in ihrem halboffenen Morgenmantel zurück, sie hat drunter nichts an, setzt sich neben mich, prostet mir zu. Wenn ich mit dieser Frau zusammenwäre, würde ich nicht so viele Fragen stellen. Sie beugt sich vor, um die Amphore vom Boden zu heben. Ich kann alles sehen und bekomme einen Steifen unter meiner Schulbank.

Auch im Alten Rom geht es mir nicht schlecht. Zunächst arbeite ich als Tellerwäscher im Haus des Lucullus. Hatten die damals schon Teller? Wahrscheinlich, denn bei Herrn Dr. Brettschneider, dem Nachhilfelehrer für Latein, hängt über dem Büfett ein Wandteller mit dem Kopf des Zeus drauf. Wir vom Küchenpersonal dürfen die Reste der legendären Mahlzeiten essen, übriggelassene Nachtigallenzungenpasteten, gefüllte Termiten, panierte Krabbenschwänze und was es sonst noch so alles gibt.

Manchmal verkaufen wir die Reste der Reste an durchreisende Touristen. Während der Saison bereiten wir zu diesem Zweck immer ein paar Extraportionen zu. Wir verdienen nicht übel dabei. Entscheidend ist, daß wir reihenweise ausgefallene Rezepte lernen. Jeder von uns kleinen Angestellten träumt davon, ein eigenes Lokal zu eröffnen. *Chez Lucullus*. Oder wenigstens so eine Art aristokratische Frittenbude auf der Via Appia. Aber bis dahin wird noch etwas Wasser den Tiber hinunterfließen. Vorläufig stehe ich auf der untersten Sprosse einer gastronomischen Karriereleiter. Das Abspülen ist die reinste Pest; das Wasser muß man auf dem Herd erwärmen, und als Spülmittel wird Sand genommen. Seltsam lang zieht sich der 3. Krieg gegen Mithridates hin, volle dreizehn Jahre, mit Unterbrechungen freilich, und wenn der Feldherr und Oberbefehlshaber des römischen Heeres, unser Lucius Licinius Lucullus, nach Rom zurückkommt, um während der ausgedehnten Gefechtspausen seine Gäste zu bewirten, hat er immer einen Haufen Rezepte dabei, Küchengeheimnisse seines scheinbaren Gegners Mithridates, und die Gerüchte wollen nicht verstummen, daß die beiden gar nicht richtig Krieg führen, sondern sich gegenseitig in ihren Feldherrenzelten besuchen, sich die Bäuche vollschlagen und Kochrezepte austauschen. Lucullus selbst habe ich nur einmal gesehen: ein spuchteliges, sehniges Männchen, ein mürrischer Zwerg, trotz seiner Völlerei kein Gramm Fett an seinem Körper, wir in der Küche können uns keinen Reim darauf machen. Später bin ich Kartenabreißer im Kolosseum und darf mir sämtliche Veranstaltungen umsonst ansehen. Besonders gut gefallen mir die Christenverfolgungen, genauer, wenn starrsinnige und im Glauben festgebliebene Christen gegen halbverhungerte Löwen antreten müssen. Mit Schwert und Netz ausgerüstet, betritt Herr Feuchtlein die Arena. Brüllendes Gelächter empfängt ihn. Er hat solche Angst, daß der Tropfen an seiner Nase zittert und kurz darauf vor seinen Sandalen versickert. Der Löwe hat leichtes Spiel mit diesem jämmerlichen Gladiator, zumal dieser sich auf der Flucht vor der Bestie in seinem Netz verheddert. Am Schluß kniet Frau Feuchtlein weinend vor der Loge Neros und bittet, die abgenagten Knochen ihres Mannes mit nach Hause nehmen zu dürfen.

Schade, daß ich kein gläubiger Christ bin, daß Frau Feuchtleins Bemühungen nicht auf fruchtbaren Boden gefallen sind, sonst könnte ich beten. Ich könnte beten, daß die Schule abbrennt, die Lehrer allesamt von einer Seuche dahingerafft und Zensuren vom Kultusministerium gesetzlich verboten werden, ich könnte beten, daß die Schule wenigstens erst um zehn Uhr anfangen möge. Das frühe Aufstehen ist das schlimmste. Halbe Vormittage überlege ich, bei welchen Berufen man ausschlafen kann. Nachtportier in einem Hotel. Da ist in aller Regel nicht viel los, man hat Zeit zu lesen und Radio zu hören.

Verhaltensforscher käme ebenfalls in Frage, ein Verhaltensforscher, der für seine Untersuchungen ausschließlich Katzen, Fledermäuse, Eulen und andere Nachttiere erwählt. Man ist geradezu verpflichtet, tagsüber zu schlafen, um nachts knallwach zu sein und sich mit Kamera und Feldstecher, wenn man um 18 Uhr gefrühstückt hat, auf die Pirsch zu begeben. Allerdings, das habe ich mir fest vorgenommen, werde ich, sobald ich das Abitur habe, jeden Tag nach Einbruch der Dunkelheit Bier trinken, eine Untugend, die die Arbeit des Verhaltensforschers hochgradig erschwert. Das zischende Öffnen der Flasche, der Geruch des Biers dürfte die Studienobjekte verjagen, nur Hamster und Schnecken sind verrückt nach dem Zeug. Hamster- und Schneckenexperte, dann müßte ich nicht bei Wind und Wetter in die ungemütliche Natur, könnte in meinem Zimmer bleiben, Bier trinken und forschen.

Notarzt. Man läßt sich nur für den Nachtdienst einteilen. Was hat man schon groß zu tun? In neun von zehn Fällen genügt eine

Beruhigungsspritze. Schlimmstenfalls muß man jemanden, unterstützt von einem Sanitäter, auf einer Bahre vom fünften Stock ins Krankenauto transportieren. Meistens wird man jedoch zu irgendwelchen Parties gerufen, weil ein Gast, dem schlecht geworden ist, japsend auf dem Sofa liegt. Das hat man gleich, da gibt es simple Mittel und Wege und Tricks. Ein Glas kaltes Leitungswasser zügig ausgetrunken, am geöffneten Fenster einige Minuten tief durchgeatmet, und der Gast kann am weiteren Verlauf des Festes wieder fröhlich teilhaben. Nicht selten wird man aufgefordert, ja regelrecht genötigt, ein wenig zu bleiben, sich zu amüsieren, man lernt sofort Frauen kennen, die fachkundigen Rat einholen, ein Gespräch ist in Gang gekommen, man lenkt die Konversation in andere Kanäle, eine Beziehung bahnt sich an, man verabredet sich für den nächsten Abend, da fällt einem ein, daß das nicht geht, man ist Notarzt und hat Dienst und bittet um einen passenderen Termin, doch jetzt wird man abgewiesen, keine Frau möchte etwas mit einem Kerl zu tun haben, der jede Nacht unterwegs ist und sich auf Parties rumtreibt.

Leuchtturmwärter. So ziemlich das Gegenteil von Notarzt. Statt Parties und Menschen aus allen Gesellschaftsschichten die totale Einsamkeit. Hin und wieder muß man eine Glühbirne auswechseln. Mittwochs kommt der ambulante Lebensmittelhändler in seinem Ruderboot vorbei und bringt Brot, Käse, gemischten Aufschnitt, Dauerwürste und Nescafé. Die übliche Beschwerde, daß er wieder nur zwei Kästen Bier dabeihat. Mehr gingen in seinen Kahn nicht rein, grummelt er, ich solle doch auf Rum und Schnaps umsteigen, das sei einfacher. Ein Leuchtturmwärter braucht unbedingt ein Hobby, sonst dreht er durch. Er kann Laubsägearbeiten herstellen; er kann autodidaktisch ein Musikinstrument erlernen, Tag und Nacht üben, ohne eine Menschenseele zu stören; er kann sich Geschichten ausdenken und zu Papier bringen. Eine glänzende Idee! Man muß dazu nicht einmal

Leuchtturmwärter werden. Schriftsteller, das ist es! Ausschlafen und berühmt werden.

Noch am Nachmittag dichtete ich den Anfang meines ersten Romans. Jeder junge Autor braucht ein Vorbild – und das durfte niemand anderes als Thomas Mann sein. Die Hauptsache waren lange Sätze. Pro Satz wenigstens zwei Seiten, dann konnte nichts schiefgehen.

Ein Schriftsteller führt ein durchaus komfortables Leben. Er wird zu Dichterlesungen eingeladen, der Bürgermeister oder ein Professor der Germanistik hält die Einführung, dann geht das Licht in dem überfüllten Saal aus. Hinterher, wenn der Applaus verebbt ist, ist Signierstunde. Jeder will ein Autogramm. Mit rührender Geduld und einem goldenen Füllhalter zeichnet er seinen Namenszug in die Exemplare. Ich übe auf alle Fälle schon mal künstlerisch schwungvolle Unterschriften. Zu beachten ist, daß der letzte Buchstabe in einer beherzten Schleife mündet, die rückwärts laufend unter dem barock ausladenden Anfangsbuchstaben endet.

Ein gewaltiger Vorzug des Schriftstellerberufes ist ohne Zweifel die Unabhängigkeit vom Arbeitsplatz, man kann seine Gedanken und Stories niederschreiben, wo man will, muß nicht tagtäglich um acht Uhr in ein Büro stiefeln, bei der Arbeit Ärmelschoner tragen, freundlich zum Chef und widerwurzigen Kollegen sein, an Betriebsausflügen teilnehmen, Sparkassenkalender an der Wand und Gummibäume auf den Fensterbrettern ertragen. Die erste Bank ist geeigneter Ort, zu den Hintergrundgeräuschen des Unterrichts über künftige Wohnsitze zu sinnen.

Heutzutage ist es für einen Künstler nicht mehr notwendig, einige Zeit in Italien zu verbringen, auch Paris darf man sich schenken. Man kann gleich nach New York ziehen oder aufs Land, falls man sein Lebenswerk lieber in pressewirksamer Abgeschiedenheit fertigstellt. Noch zwei Jahre bis zum Abitur, falls ich wieder sitzenbleibe, drei Jahre. Dann werde ich aus Kostengründen weiter zu Hause wohnen bleiben und meinen Roman vollenden, oder ich werde arbeiten, Geld verdienen, ausziehen und meinen Roman fertigstellen, oder ich werde während der nächsten zwei oder drei großen Ferien arbeiten, das Geld sparen, mir ein Zimmer in New York oder Husum suchen, den Roman schreiben und genügend Vorschuß verlangen, daß ich gleich mit dem zweiten anfangen kann. Jetzt muß ich nur noch überlegen, wovon der erste Roman handeln soll. Die vier Seiten der beiden einleitenden Sätze des allerersten Romans hatte ich inzwischen vernichtet. Für einen historischen oder biblischen Stoff hatte ich im Geschichts- und Religionsunterricht nicht genügend aufgepaßt, ein Krimi ist unter meiner Würde, am besten, man beschreibt seine Verwandtschaft, so war Thomas Mann auch vorgegangen. Ich darf nicht vergessen, die Namen zu ändern, um eine Lawine von Beleidigungsklagen zu vermeiden. Die Schwierigkeit ist nur, daß ich nicht in einem Patrizierhaushalt aufgewachsen bin, sondern inmitten einer wahren Muppetsshow von Angehörigen, die jeder Leser als Ausgeburt einer therapiebedürftigen Phantasie halten würde.

Mitte Oktober eines jeden Jahres fing meine Hannoveraner Großmutter an, Weihnachtsplätzchen zu backen. In der Zeit zwischen Frühstück und Mittagessen und zwischen Mittag- und Abendessen stand sie in der Küche, schleppte Mehl, Zucker, Butter und Eier aus der Vorratskammer, knetete Teiggebirge durch, walzte den Teig flach und stach mit Blechförmchen Sterne, stilisierte Tannenbäume und Engel aus. Sie schob die Kuchenbleche in den vorgeheizten Backofen und wandte sich wieder den Teigmassen zu. In der Küche herrschten bald Temperaturen schlimmer als in der Hölle. Die Großmutter war rot angelaufen und schwitzte wie ein Dampfkessel, aber je mehr Plätzchen fertig wurden, desto mehr geriet sie in Fahrt, räumte

Bleche leer, schob Bleche nach, schichtete das Gebäck in Blechdosen, in alte Schuhkartons und Koffer. Vom ersten Advent an mußten Hilfskräfte eingestellt werden, Studentinnen, arbeitslose Bäckerinnen, Flüchtlingskinder aus der DDR, die Produktion war alleine nicht mehr zu bewältigen. Die Küche glich einer sowjetischen Fabrik, in der man in letzter Minute den Fünfjahresplan zu erfüllen trachtete. Kurz vor Weihnachten wurden die Kekse in Schachteln gefüllt und an Verwandte, Freunde und Bekannte verschickt. Doch niemand erhielt nur eine einzige Sendung, der Gebäckstrom ergoß sich weltweit bis in den Juni des folgenden Jahres, obgleich die Plätzchen seit Anfang Januar steinhart geworden waren und allenfalls mit einem Vorschlaghammer hätten zertrümmert werden können.

»Wenn du mit der Schule fertig bist, solltest du möglichst bald heiraten«, sagte die Großmutter beim Beschriften der Adressenaufkleber. »Es ist nicht wichtig, daß die Frau gut aussieht, wichtig ist, daß sie Geld hat.«

»Wichtig ist, daß sie gut im Bett ist«, sagte ich.

»Das auch«, sagte die Großmutter. »Aber Geld ist wichtiger. Die ersten zehn Pakete kannst du jetzt zur Post bringen.«

Das größte Paket bekam Anastasia.

»Diese Hochstaplerin«, sagte ich. »Schlau ausgedacht, aber leider nicht schlau genug.«

»Ich habe sie besucht«, sagte die Großmutter. »Ein Blick genügte, und ich wußte, daß sie echt ist.«

»Wenn sie ihren Prozeß gewinnt«, sagte ich, »kann ich ja Anastasia heiraten. Geld genug hat sie dann.«

»Red keinen Unsinn«, sagte die Großmutter, »und geh zur Post.«

An Heilig Abend ragte der Weihnachtsbaum aus einem Plätzchenmassiv, an dessen Ausläufern die Geschenke lagen. Hatte man ein Geschenk ausgepackt, nannte die Großmutter den Preis, den sie dafür bezahlt hatte. Nach dem Essen war allen schlecht von der polnischen Mastgans, nur der Großmutter nicht, die die größte Portion verdrückt hatte.

»Essen ist gesund«, sagte sie, »und gegen Völlegefühl helfen ein paar Schnäpse.«

Jeden Nachmittag ging sie in die Opernkonditorei, wo sie sich mit ihren Freundinnen traf, zwei klatschsüchtigen, aufgetakelten Hexen, deren Ehemänner unter Zurücklassung beträchtlicher Vermögen vor Jahrzehnten entnervt in die Grube gesunken waren. Manchmal mußte ich die Großmutter begleiten. Solange dieses Trio hier regelmäßig einkehrt, dachte ich, kann die Opernkonditorei nicht pleite gehen. Die Damen aßen nicht schnell, führten keine übermäßig großen Bissen in den Mund, mümmelten würdevoll, doch unablässig die Tortenbestände des Unternehmens auf.

»Wenn Charles so weitermacht«, sagte meine Großmutter, »bringt er die Queen noch ins Grab.«

»Die Queen soll den Jungen in Ruhe lassen und sich lieber um ihren Mann kümmern«, sagte die erste Hexe.

»Ganz recht«, pflichtete die zweite Hexe bei, »schrecklich sieht der Philip aus, blaß und eingefallen. Es ist sonnenklar, daß es im Schlafzimmer nicht mehr klappt mit den beiden.«

»Das meine ich nicht«, sagte die erste Hexe. »Er hat nichts zu tun, das ist es. Die Queen muß dafür sorgen, daß er etwas arbeitet, wenigstens ein Hobby hat.«

»Der interessiert sich doch für nichts«, sagte die Großmutter.

»Weil er strohdumm ist«, sagte ich.

»Du halt dich da raus«, schimpfte die erste Hexe. »Ein Hobby sollte jeder Mann haben. Philip könnte aquarellieren, es gibt genug Motive in England.«

»Oder Rosen züchten, wie Adenauer«, sagte die zweite Hexe.

»Adenauer ist fabelhaft«, sagte die Großmutter. »Gerade gestern habe ich ihm wieder geschrieben.«

»Du hast Adenauer geschrieben?!« rief die erste Hexe.

»Ich schreibe ihm jeden Monat«, sagte die Großmutter. »Er ist Witwer, ich bin Witwe, da könnten wir uns doch mal treffen.«

Die Hexen ließen die Kuchengabeln fallen.

»Du möchtest First Lady werden, gib's zu«, sagten sie.

Auf dem Heimweg von der Konditorei sagte die Großmutter: »Was willst du zu Abend essen?«

»Ich kann nichts mehr essen, beim besten Willen nicht«, stöhnte ich, »frühestens nächste Woche wieder.«

»Laß uns den kleinen Umweg über den Ratskeller machen, eine Kleinigkeit kannst du noch vertragen«, sagte meine Großmutter, »ich glaube, da gibt es heute Schweinshaxe.«

Einige Monate vor dem Abitur kam der Berufsberater in die Schule. Wir wurden in alphabetischer Reihenfolge zu ihm geschickt in das kleine Zimmer, in dem die Wandlandkarten für den Geographieunterricht aufbewahrt wurden. Der Berufsberater war sehr korrekt gekleidet und sah aus wie jemand, der kreuzunglücklich ist, weil er nie wußte, was er werden sollte.

»Haben Sie eine bestimmte Vorstellung bezüglich Ihres künftigen Berufs?« fragte er.

»Ich möchte Schriftsteller werden.«

»Das ist eine unsichere Sache«, sagte er. »Wie sieht es denn mit den Zensuren aus? Was haben Sie in Deutsch?«

»Vier«, sagte ich, »wie Hermann Hesse.«

»Sie sollten erst einmal einen anständigen Beruf ergreifen«, sagte der Berufsberater.

»Ist Schriftsteller ein unanständiger Beruf?«

»Natürlich nicht. Nur das Risiko, in anderen Worten, man muß zunächst eine solide finanzielle Basis schaffen.«

»Mit dieser Einstellung wären die meisten Werke nicht entstanden, die man uns im Deutschunterricht aufnötigt.«

»Gewiß«, gab der Berufsberater zu, »doch die Autoren dieser

Werke waren Ausnahmen. Viele, viele sind gescheitert, glauben Sie mir.«

Er griff in seine Aktenmappe und überreichte mir eine von der Landesregierung herausgegebene Broschüre, in der die Vorzüge des Beamtendaseins geschildert wurden, vor allem in Bayern.

»Was ist Ihrer Ansicht nach der Sinn der Literatur?« fragte ich.

Der Berufsberater sah mich argwöhnisch an. Die aus seinen Nasenlöchern sprießenden Haare vibrierten.

»Der Sinn der Literatur?« wiederholte er und überlegte lange. »Ich würde sagen, den Menschen zu helfen.«

»Dann könnte ich auch nach Lambarene gehen oder Briefkastenonkel bei der *Hör zu* werden«, sagte ich.

Es wäre schön, wenn ich nach dem Abitur so viel Geld verdienen würde, daß ich mir eine Sekretärin leisten könnte. Das macht einen guten Eindruck und löst ein Problem, dem bislang nur Xanthippe geneigt war. Ich müßte den Mut finden, Elke aus der Parallelklasse anzusprechen. Seit Jahren begebe ich mich während der Pausen in ihre Nähe; manchmal, wenn ich in Begleitung eines Klassenkamerden bin, lache ich extra laut; manchmal grüße ich sie im Vorbeigehen, aber sie hat mich noch nie angesehen oder wahrgenommen, sie weiß nicht einmal, daß ich existiere. Sie macht mich verrückt, diese eiskalte Frau mit ihren glatten blonden Haaren und den blassen Lippen. Vor dem Einschlafen stelle ich mir vor, wie ich ihr auf der Straße begegne und sie von einem Mann überfallen wird. Mit einem Faustschlag strecke ich den Mann nieder. Elke ist einer Ohnmacht nahe. Sie schlingt ihren Arm um meinen Hals, unsere Wangen berühren sich.

›Ich bin dir ja so dankbar‹, sagt sie.

›Aber ich bitte dich‹, sage ich.

›Ich war zu schüchtern, dich im Pausenhof anzusprechen‹, sagt sie.

›Komm, gehen wir zu mir‹, sage ich.

Wir gehen zu mir, lassen den Mann in seiner Blutlache im Rinnstein zurück. Meine Mutter ist zufällig nicht zu Hause, wir haben die Wohnung für uns. Ich lese ihr das erste und einzige Kapitel meines Romans vor, die ganzen drei Seiten. Nachdem ich geendigt habe, blickt sie stumm auf ihre Schuhspitzen.

›Gefällt dir das?‹ frage ich leise.

›Das ist wunderbar‹, haucht sie. ›Ich wußte nicht, daß du ... nein, ich kann nichts sagen ... das ist wunderbar.‹

›Willst du mit mir nach dem Abitur fortziehen in eine andere Stadt, in ein anderes Land?‹

›Ich wollte eigentlich Geologie studieren.‹

›Das kannst du auch woanders. In meiner Biografie soll es einmal heißen: Elke, seine Ehefrau, war seine beste Lektorin.‹

Diesen letzten Satz streiche ich, ehe ich einschlafe. Klingt zu angeberisch, außerdem darf man einer Frau wie Elke nicht gleich mit einem Heiratsantrag kommen. Man muß sie langsam auftauen.

Am nächsten Tag im Pausenhof, am übernächsten, an allen folgenden Tagen stand ich wieder in der Nähe der fernen Elke. Ich werde mich bei ihrem Haus verstecken, wie ein Kidnapper ihre Gewohnheiten beobachten, und wenn ich weiß, wann sie zur Klavierstunde oder zum Einkaufen geht, einen Überfall inszenieren. Mein Freund Jürgen wird, bis zur Unkenntlichkeit verkleidet, hinter einem Baum vorspringen und sie bedrohen; dann werde ich ihn unschädlich machen, so tun, als würde ich ihn zusammenschlagen, den Rest habe ich mir schon früher ausgedacht. Das ist alles zu umständlich. Ich lade sie einfach zu mir zum Kaffee ein, serviere Großmutters Weihnachtsplätzchen, sie beißt sich einen Zahn aus, ich begleite sie zum Zahnarzt, bestehe darauf, im Behandlungszimmer bei ihr zu sein. Das wird sie mir nie vergessen, diese ehrlich gemeinte Fürsorge. Oder ich kaufe von meinem Taschengeld zwei Theaterkarten, schicke ihr anonym eine Karte zu, dann sitzen wir nebeneinander im Theater, kommen uns endlich näher, hinterher gehen wir in eine gemütliche Weinstube. Nach dem dritten Wein traue ich mich, was ich mich während der Aufführung nicht getraut habe – ihre Hand zu berühren. *Sie ließ ihn gewähren*, heißt es in entsprechenden Novellen des 19. Jahrhunderts. Ich drücke ihre Hand, spüre aber keinen Gegendruck, die Hand ist so kühl und teilnahmslos wie die ganze Elke. Als ich anfange, die Hand zärtlich zu streicheln, muß Elke zur Toilette. Frauen, denen der Ruf anhängt, frigid zu sein, sind oft das genaue Gegenteil, das ist bekannt, entpuppen sich als unersättliche Monster im Bett. Ich hebe die Theaterkarte auf, damit wir uns einmal an den Abend erinnern können und etwas zu lachen haben. ›Ich habe dich zu streicheln versucht, und du bist zur Toilette gerannt.‹ Wie komisch das doch alles war! Inzwischen sind wir seit vierzehn Jahren verheiratet, glücklich verheiratet, die Kinder sind wohlgeraten, die reinste Freude, allmählich kommen sie in das Alter, in dem es ein Problem für sie wird, einen weltberühmten Vater zu haben. Später werden sie über ihn schreiben, Interviews über ihn geben. *Wenn er arbeitete, mußte absolute Ruhe im Haus herrschen.* Aber ich will nur Kinder, wenn Elke darauf besteht. Sie kommt zurück und drängt zum Aufbruch. Unterwegs zur Straßenbahnhaltestelle wage ich nicht, den Arm um sie zu legen oder mich bei ihr unterzuhaken. Eigentlich paßt die Christl aus der anderen Parallelklasse viel besser zu mir.

Fensterplatz im Zug. Überheiztes Raucherabteil, verschneite Landschaft. Krähen in die Notenlinien zwischen den Telegrafenmasten gekleckst. Ausgestopfte Rehe auf den Feldern. Bauklötzchenhäuser, Frau mit Zahnwehschal schippt Schnee. Lagerhalle, Bürogebäude, über dem Dach blaue Buchstaben: ARNOLD & CO DRAHTZÄUNE. Hier kann man auch ohne Abitur anfangen. Von der Pike auf. Lehrjahre sind keine Herrenjahre. Erst mal wohnt man zur Untermiete. Küchen- und Badbenutzung. Damenbesuch auch vor 22 Uhr nicht gestattet. Bitte ziehen Sie doch Ihre Schuhe gleich unten im Flur aus. Man darf nicht zu spät nach Hause kommen, weil die Treppe knarrt und die Vermieterwitwe sonst aufwacht. Die Witwe ißt am liebsten Kohlrouladen, und wenn sie sie nach dem Abendläuten aufgewärmt und gegessen hat, blättert sie noch einmal die Illustrierten vom Lesezirkel durch, die *Kristall* und die *Quick*, und hört dabei die einzige Platte, die sie besitzt, *Heimat, deine Sterne*, gesungen von Wilhelm Strienz. Die Platte, eine 45er, muß noch eine Rückseite haben, aber was auf der Rückseite ist, weiß ich nicht, weil die Witwe nur immer die Vorderseite auflegt. Aus moderner Musik mache ich mir nichts, sagt die Witwe, der Vico Torriani geht ja noch, aber dem Wilhelm Strienz kann er nicht das Wasser reichen, der war einfach einmalig. Und wenn sie den hört, muß sie an ihren Sohn denken, der im Krieg gefallen ist. Auf dem Büfett steht sein Foto, blond lächelt er aus seiner Unteroffiziersuniform. Der Hitler hatte gewiß seine Schattenseiten, aber damals konnte man sich nachts noch alleine auf die Straße trauen, und die Autobahnen hat er auch gebaut. Der Plattenspieler war das letzte Weihnachtsgeschenk ihres Seligen, man hat es nicht immer leicht im Leben, und ihr Seliger war ebenfalls bei Arnold & Co beschäftigt gewesen. Lagerverwalter, ein verantwortungsvoller Posten, und darum freut sie sich, daß ich in derselben Firma arbeite. Ein gesunder Betrieb, die reinste Freude der Wirtschaftsprüfer. Ich bin jeden Tag pünktlich, die Krawatte ist geschmackvoll unauffällig, und bald durchschaue ich die Zusammenhänge. Der Chef hat was mit der Sekretärin. Herr Wobbe von der Buchhaltung war schon beim Vater des jetzigen Chefs in der Firma. Fräulein Dörfler von der Bestellabteilung hat einen Verlobten. Wenn sie ein Kind kriegt und der alte Wobbe in Pension geht, müssen zwei neue Kräfte eingestellt werden. Das macht dem Chef Sorgen. Heutzutage findet man kaum noch ordentliche Angestellte. Die Angestellten heißen Mitarbeiter, was für ein gutes Betriebsklima sorgt. In wenigen Monaten endet Ihre Lehrzeit, wenn Sie wollen, können wir über eine Weiterbeschäftigung reden. Gerne, Herr Winckelmann. Sie kennen ja jetzt unsere Firma, und da dachte ich mir. Damit kann ich leben, Herr Winckelmann. Nun, dann würde ich sagen, wir begießen das mit einem Schnäpschen. Komfortwohnung in der Neubausiedlung; Polstergarnitur und Moped auf Raten; Kleinwagen nach der ersten Gehaltserhöhung; Bausparvertrag, Zusatzversicherung; Urlaub im Gebirge, Pension Alpenrose; Ehefrau über Annonce, Diskretion selbstverständlich; zwei Kinder, samstags Kegelklub; wenn die Kinder was ausfressen, sind sie gerade in einem schwierigen Alter. Alle paar Jahre wird man befördert. Hat man es zum Abteilungsleiter gebracht, gibt es gleich zwei Feiern – eine in der Firma und eine zu Hause. Die Ehefrau hat sich ein neues Kleid gekauft und ein kaltes Büfett vorbereitet. Die Gäste – Freunde, Kollegen und unsere Nachbarn – kommen nach der Tagesschau. Der zweite Prokurist, Herr Stenzel, hat eine besondere Überraschung parat. Er trägt ein selbstverfaßtes humoristisches Gedicht über den Betriebsalltag vor. Alle lachen und applaudieren. Die Stimmung ist gut, man hebt erneut das Glas. Möchten Sie nicht einige Worte am Grab des Chefs sprechen, Sie schreiben doch in Ihrer Freizeit; seine umsichtige Art, sein freundliches Wesen, ein Vorbild, das uns Verpflichtung und Ansporn bleiben wird; Leichenfeier im Gasthof Alte Post; hatte ja seine Mucken, war aber im Grunde in Ordnung; kann sich noch jemand an Fräulein Dörfler erinnern; hat einen anderen geheiratet und ist nach Pforzheim gezogen. Mit dem neuen Chef gerät man gelegentlich aneinander, regt sich aber nicht groß auf kurz vor der Pensionierung. Ein Zinnbecher und ein Artikel in der Zeitung für fünfzig Jahre Firmentreue. Nach der Pensionierung hat man endlich Zeit und Muße, den Roman zu schreiben. Am besten, man schreibt über das, was man kennt. Ein Leben bei

Arnold & Co. So lange will ich mit dem Roman nicht warten, zudem werde ich bald einen besseren Stoff haben: meine turbulente Ehe mit Christl aus der anderen Parallelklasse.

Christl ist anders als Elke, sie ist lustig, lacht gerne, hat viele Freunde, allzu viele. Die meisten glauben, sie habe eine Schwäche für Draufgänger, laute, sportliche Männer voller Frohsinn und Unternehmungsgeist. In Wirklichkeit ist sie ganz anders, was ich längst gespürt habe. Mir gelingt es, sie durch meine ruhige, sensible Art zu erobern. Sie schätzt meinen leisen Humor, bewundert meine musische Bildung, ist begeistert von den Büchern, die ich ihr leihe und teilweise schenke. Morgen, spätestens nächste Woche werde ich sie anreden. Nach dem Abitur fahren wir zusammen in die Ferien, Schottland, die Pyrenäen, ich werde das ganz ihr überlassen. Wenn wir zurückkommen, sind wir verlobt. Sie will Schauspielerin werden, was mir als Ehemann alles andere als recht ist, doch als Schriftsteller kann ich es nur befürworten. Sie wird Affären haben, mir pausenlos untreu sein, aus purer Rache schlafe ich mit ihrer Todfeindin am Theater, fast täglich gibt es Streit, Tränen und Versöhnung, ein großartiger Romanstoff. So etwas lesen die Leute gerne, und man muß sich nicht einmal eine komplizierte Handlung mit erfundenen Personen ausdenken. Das läßt sich auch gut verfilmen, was eine Menge Geld bringt. Bei der Galaveranstaltung anläßlich der Filmpremiere sind Christl und ich bester Laune, wir tun niemandem den Gefallen, uns zu streiten. Vergeblich wollen die Journalisten pikante Details von uns erfahren. Christl macht erst dem Regisseur, dann dem Produzenten schöne Augen; kaum zu Hause, geht es wieder los. Bald kann man sich daranmachen, die Fortsetzung zu schreiben. Bei meinen Dichterlesungen ist Christl unter den Zuschauern. Wenn ich eine Szene rezitiere, die eine unserer Szenen beschreibt, unterbricht sie mich wütend und ruft: ›Du verlogenes Schwein, das war ganz anders!‹ Dem Publikum gefällt das, und niemand weiß, ob Christls Ausbrüche echt oder mit mir abgesprochen sind. Meine Veranstaltungen sind wochenlang vorher ausverkauft, endlich Dichterlesungen, bei denen was los ist, Zank und Stunk bis an den Rand von Handgreiflichkeiten. ›Genauso war es!‹ geifere ich zurück. Christl erhebt sich von ihrem Platz, droht mit der Faust, schwingt die Handtasche, schilt mich ein Miststück von Macho, droht mit Anwalt und Scheidung, ich setze ungerührt meine Lesung fort, die Leute johlen, verlangen Zugaben. Aber wird man so ein Klassiker?

Ich habe gehört, daß Christl einen festen Freund hat. Jemand von der Universität, Assistent eines Juraprofessors. Dummerweise bin ich keine Kämpfernatur, mir liegt es nicht, ihr diesen widerlichen Kerl, den ich nicht kenne, auszuspannen. Ich bin sicher, daß sie etwas mit dem Typen hat. Vermutlich wird sie schwanger. Ein Skandal, der weite Kreise zieht, sie wird der Schule verwiesen, die Eltern jagen sie aus dem Haus, der Assistent will nichts mehr von ihr wissen, Schimpf und Schande an allen Ecken und Enden, Christl zieht in eine andere Stadt, ich hinterher, ich, der einzige, der für sie Verständnis hat, ihr Mut zuspricht, sie tröstet in schwerer Zeit. Kopf hoch, wir schaffen es. Ich nehme eine Reihe von Jobs an, um uns durchzubringen, arbeite auf dem Bau, putze Kirchenfenster, trage Pakete aus, lese vergrämten Witwen Gedichte von Stefan George vor, verkaufe an Haustüren Zeitschriftenabos und so weiter. Christl versorgt das Kind und macht einen Fernkurs. Es ist nicht leicht, ein Buch zu schreiben, wenn nebenan ein Säugling plärrt. *Dieses Frühwerk zeugt eindrucksvoll von des Dichters Fähigkeit, auch scheinbar ausweglosen Lebenslagen humoristische Aspekte abzugewinnen, obwohl der Roman in erster Linie eine bittere und schonungslose Anklage gegen die verlogene Moral seiner Zeit ist.* In Bayern wird das Buch sofort verboten, weswegen es rasch ein Bestseller und in alle führenden Kultursprachen übersetzt wird. Endlich sind wir reich, wir können uns ein Haus im Grünen und ein Kindermädchen leisten. Ich erhalte ein Telegramm vom Direktor meiner ehemaligen Schule, man möchte das Gymnasium auf meinen Namen umbenennen. In einem offenen Brief bestehe ich darauf, die Schule auf den Mädchennamen Christls zu taufen, jener Frau, die sie einst vertrieben haben. Der Brief provoziert einen zweiten Skandal, jetzt bin ich noch berühmter, wir können uns ein zweites Kindermädchen leisten.

Wo ist Christl? Seit Tagen habe ich sie nicht mehr gesehen. Sie hat sich abgemeldet, ist nach München gezogen, hat den Assistenten geheiratet. Nein, schwanger war sie nicht. Eine deprimierende Geschichte für mich, doch zur literarischen Verarbeitung geeignet.

In meiner Kindheit schon und später zuweilen hatte ich das Gefühl, mir Zeitpunkt und Land meiner Geburt selbst ausgesucht zu haben. Ich hielt es für möglich, daß es meine eigene Entscheidung gewesen war, überhaupt eine irdische Lebensbahn anzutreten und zu absolvieren. *Zu Risiken und Nebenwirkungen fragen Sie Ihren Schöpfer.*

»Gibt es denn außer der Erde kein Gestirn, auf dem man seine Zeit zubringen könnte?«

Mehr als einmal hatte Gott die Auswahl runtergebetet.

»Diverse Möglichkeiten stehen dir offen. Da hätten wir beispielsweise eine riesige Felskugel im Andromedanebel, dicht besiedelt von immobilen Trockenquallen, durchwegs hochkarätige Philosophen, die nach vierhundert Erdenjahren an Langeweile sterben.«

»Klingt nicht sehr lustig.«

»Wie gesagt, die Erde ist alles andere als ideal, aber zumindest abwechslungsreich.«

»So eine Art Mittelding wäre recht.«

»Kannst du haben, allerdings ohne Frauen und ohne Bier.«

»Dann meinetwegen die Erde. Ich riskier's mal.«

»Good luck!«

Mittlerweile bin ich stinksauer auf den Schöpfer. Wenn ich geahnt, wenn er mir verraten hätte, wie mühsam es ist, eine Frau kennenzulernen, hätte ich das beschauliche Leben einer sinnierenden Qualle vorgezogen.

Ich lasse mir Gratiskataloge von Möbelfabriken schicken, um mir Anregungen zu holen für die Bestückung meines künftigen Arbeitszimmers. Der Schreibtisch muß groß und ausladend, schwer und repräsentativ sein. Selbst die Angebote der teuersten Firmen vermögen mich nicht zu überzeugen. Ich werde in Antiquitätenhandlungen nachsehen müssen. Das zentnerschwere, tadellos erhaltene Stück muß den Mittelpunkt des Raumes bilden, den Mittelpunkt der dereinstigen Gedenkstätte. Dreimal täglich wird es eine Führung geben. Ein Pensionär, der den Dichter noch persönlich kannte, wird die Besucher durch das Haus geleiten und die Einrichtung, die Bilder und den Füllfederhalter erklären. Die Bücherschränke aus Kirschholz sind handgearbeitet und reichen bis zur Decke. Mehrere Regale mit den eigenen Werken, darunter die beiden zu Lebzeiten erschienenen Gesamtausgaben. Die mit Siegeln, Stempeln und Schnörkelunterschriften versehenen Urkunden für die zahllosen Literaturpreise hatte der Dichter bescheiden in einer Mappe aufbewahrt, nun hängen sie gerahmt an der Wand neben der Kasse. Der größte Raum ist das Speisezimmer mit dem Mahagonitisch für dreißig Personen, mit den Sitzgruppen am Kamin. Hier hat er die geistige Elite der Nation empfangen, um bei erlesenen Weinen die drängendsten Fragen der Epoche zu diskutieren. Stets hat er aufmerksam zugehört und seine Gäste ausreden lassen. In dem weitläufigen Garten, jetzt in den Sommermonaten für das Publikum geöffnet, ging er täglich vor der Arbeit spazieren, um seine Gedanken zu ordnen.

Ich werfe die Möbelkataloge in die Mülltonne. Die ersten Jahre werde ich ohnehin in einer Dachkammer zubringen, einsam, unterernährt, schnatternd vor Kälte. *Da er sich weder Kohlen noch Briketts leisten konnte, wärmte er sich mit Hilfe von Branntwein. Bei einem Schnapshändler, der an ihn glaubte, durfte er anschreiben lassen. Damals wurde er zum Alkoholiker.* Alt, zerlumpt und zusammenhanglose Worte murmelnd gehe ich durch die Straßen, eine stadtbekannte Erscheinung, aber die Kinder laufen mir nicht nach, singen keine Spottverse. Nur wenige wissen von meiner entbehrungsreichen Anfangszeit, von den kurzen Jahren des Ruhms, von dem langsamen Versinken in Anonymität und Elend. Da steht plötzlich eines Tages eine Frau vor mir. Es ist Christl, nein, Elke; um keinen Tag gealtert. ›Bist du's?!‹ ruft sie mehr entsetzt als überrascht. Ich nicke. ›Gott!‹ keucht sie. ›Was ist aus dir geworden?!‹ – ›Das siehst du ja‹, antworte ich. Wir gehen in ein Café. Sie lädt mich ein. Wir erzählen uns, wie es uns ergangen ist im Leben. Elke hat zwei Fehlgeburten und eine unglückliche Ehe hinter sich. ›Wenn ich damals im Theater und danach in der Weinstube bloß nicht so schüchtern, so verklemmt gewesen wäre ...‹, sagt sie. Mich würgt es im Hals. ›Es war meine Schuld‹, sage ich und ergreife ihre Hand, streichle ihre Hand. ›Es ist noch nicht zu spät‹, sagt sie.

Im Pausenhof steht Elke wieder alleine und abseits, beachtet niemanden. Mit meinem Banknachbarn schlendere ich an ihr vorbei und sage laut: »Bislang haben zwei Verlage für meinen Roman Interesse bekundet, aber ich weiß nicht so recht.« Aus den Augenwinkeln beobachte ich Elke. Sie ißt unbeeindruckt ihr Wurstbrot, beachtet auch mit den Ohren niemanden. Ich gebe den Plan auf, ihr eine Theaterkarte zuzuschicken. Von dem Geld kaufe ich mir lieber ein Buch oder eine Schallplatte.

Ich kaufe nichts, ich gehe am Samstag abend mit meinen Freunden Gunter und Malte in die Dorfwirtschaft nach Freiham. Wir trinken viel Bier. Es richtet keinen Schaden an – bayerisches Dünnbier ist ein Pleonasmus. Gunter und Malte wollen Kunstmaler werden. Gunters bevorzugte Motive sind Landschaften, sonnige Gefilde mit Hügeln, Dörfern und Wolken, wogegen Malte ausgemergelte Greise auf die Leinwand bannt, die so verzweifelt trübselig aussehen, daß dagegen die Bilder von Käthe Kollwitz wie Karnevalsdekorationen wirken. Sollte auch ich Maler werden? Die Vor- und Nachteile gegenüber dem Beruf des Schriftstellers liegen auf der Hand. Nachteile sind fraglos, daß man nach getaner Arbeit die Pinsel auswaschen und allerlei aufräumen muß, daß man viel Platz und Material braucht, also nicht unterwegs im Hotel oder in der Eisenbahn produktiv sein kann, daß man einen Haufen Schlepperei und immer dreckige Fingernägel hat. Von Vorteil ist der Entstehungsprozeß als solcher, man kann sehen, was man getan hat; das Schreiben eines Buches ist optisch weit weniger befriedigend, eine Seite sieht wie die andere aus, und niemand kommt, wie bei Malern, in die Wohnung und ruft: ›Die letzten drei Dinger sind aber toll geworden!‹ Man muß lange ohne Lob auskommen. Auch hat der Schriftsteller, im Gegensatz zum Maler, kaum Aussicht, einen Mäzen zu finden, weil man Bücher nicht an die Wand hängen kann. Andererseits genießen Autoren gesellschaftlich höheres Ansehen als bildende Künstler, was an dem guten Benehmen und den Maßanzügen der meisten Romanciers liegen mag; nicht zu vergessen die Gemahlinnen – eine anständige Frau heiratet eben eher einen Dichter als einen Maler. Frauen von Malern sind in aller Regel ehemalige Nacktmodelle, also ziemlich schamlose Weiber aus den verkommensten Kreisen der Boheme.

Ein Leben lang werden wir bettelarm sein, daran zweifeln Gunter und Malte und ich keine Sekunde. Uns bleibt die Zuversicht auf eine staunende Nachwelt. Ein Glück, daß es van Gogh gegeben hat.

»Mir wird es vergleichsweise noch gut gehen«, sage ich, »weil ich nur einen Bleistift und einen Stapel Papier brauche, während ihr Leinwand, Pinsel, Malmittel, Terpentin, Rahmen und Keilrahmen benötigt. Überdies kann ich auf ein Atelier verzichten, dichten kann man auf kleinstem Raum im kleinsten Raum.«

»Würdest du uns Geld leihen, wenn's drauf ankommt?« fragt Gunter.

»Nur wenn mich eure Arbeit überzeugt«, sage ich.

»Arschloch«, sagt Malte. »Unter echten Freunden muß man sich ohne Wenn und Aber helfen. Ich würde dir Geld leihen, selbst wenn ich deinen Kram die letzte Scheiße fände.«

»Richtig«, bestätigt Gunter.

»Ihr habt recht«, sage ich. »Und zum Beweis meiner ehrlichen Absichten zahle ich die nächste Runde.»

Die eingesparten Theaterkarten für Elke und mich waren noch längst nicht abgetrunken.

Ging man durch die Wirtsstube in den langen Flur zur Toilette hinaus, kam man an der Küche vorbei, deren Tür stets offen war. In der Küche stand immer eine engelhafte, schwarzhaarige Frau und spülte Geschirr. Auf meinem Hinweg zum Klo und auf dem Rückweg tauschten wir tiefe Blicke. Ich habe mich nie in die Küche reingetraut, und sie hat sich nie rausgetraut. Beim Pinkeln habe ich nicht selten gute Einfälle. Der Berufsberater wußte nicht, was der Sinn der Literatur ist. Ich wußte es auch nicht – bis zu diesem Moment auf dem Klo in der Bauernwirtschaft von Freiham. Ich hatte ein großes Rätsel gelöst. Ich war so begierig, es meinen Freunden mitzuteilen, daß ich an der Küchentür vorbeihastete, ohne die schöne Frau zu beachten.

»Kinder«, rief ich ihnen entgegen, »laßt uns große Künstler werden, laßt uns die Welt interpretieren.«

2

Nach dem Abitur befiel mich eine rätselhafte Krankheit, eigentlich keine Krankheit, eher eine Lähmung, die mir jegliche Energie und Lebensfreude raubte. Ich verließ das Bett nicht mehr, außer um die Toilette aufzusuchen, aß und trank gerade soviel, um mich am Leben zu erhalten, las nichts, weder Zeitungen noch Bücher, hörte kein Radio, schlief die meiste Zeit, und wenn ich nicht schlief, tat ich so, als würde ich schlafen. Ich empfing keinen Besuch, beantwortete keine Fragen.

Marcel Proust hatte nahezu sein ganzes Leben im Bett verbracht, sich von seiner Mutter und später von einer fest angestellten Haushälterin versorgen lassen. Beide Damen verstanden es ausgezeichnet, Marcels Lieblingsspeise zuzubereiten, ein Krabbenomelett à la George Sand. Die sorgfältig geschälten Krabben werden in heißer Butter sanft und mit feinem Gespür vorgeröstet und dann in einer zweiten Pfanne auf einem mit Salz, weißem Pfeffer und zerriebenem Rosmarin angereicherten, halbgaren Eierkuchen gleichmäßig arrangiert, was ihnen Gelegenheit gibt, ihr volles Aroma zu entfalten; die Komposition muß im rechten Moment mit einem Rest der schaumig geschlagenen Eiermasse übergossen und kurz vor der Bildung einer zartbräunlichen Kruste mit frischer Petersilie bestäubt werden, so daß die durchscheinenden Krabben wie krumme Fische in einer grüngesprenkelten Sonne aussehen.

Nur selten verließ Marcel Proust das Haus. Dann bestieg er ein

Taxi und ließ sich durch Paris fahren und stellte jedesmal fest, daß die Metropole seinen Tagträumen, seinen Phantasiegemälden nicht annähernd entsprach. Was er sich ausdachte, war allemal aufregender als die Wirklichkeit, eine Wirklichkeit, die nur erträglich war, weil der menschliche Geist die Gnade und Fähigkeit besitzt, sie umzugestalten, sie auszuschmücken, sie ein wenig zu vervollkommnen. Gelehnt an Berge mehrmals täglich aufgeschüttelter Kissen, saß Proust in seinem Bett, die Knie angewinkelt, ein poliertes Mahagonibrett an die Oberschenkel gestützt, auf dem Brett die Seiten geklammert, in der Rechten den kostbaren Federhalter aus Elfenbein, Geschenk einer Gräfin, die mehr als einmal in dem Mammutwerk Erwähnung finden sollte, das Tintenfaß auf dem Nachttisch – wie er es fertigbrachte, in mehr als zwei Jahrzehnten die Bettwäsche nie vollzuklecksen, bleibt ein Rätsel – so gebettet und schlicht ausgerüstet, zuzeiten von Frauenhand mit bekömmlicher Speise versorgt, schuf er ein gewaltiges Romanwerk, das ihm seinen Platz in der Literaturgeschichte gesichert hat und sichern wird – bis zum Tod der Sonne, wenn in fünf Milliarden Jahren der Stern sich kurz und gewaltig aufblähen und eine Hitze ausstrahlen wird, daß innerhalb weniger Sekunden alle Bücher der Welt verbrennen, die Ozeane verdunsten. Und dann wird die Sonne wie ein Salzburger Nockerl zusammensacken und als erkalteter Knödel durch den Weltraum rasen, ihre Trabanten vergessen, der Erde Lebewohl sagen, der Erde, die schon längst wieder ohne Menschen, ohne Pflanzen und Getier ihre Bahn zog und nun, ein kahler Steinplanet, in den Weiten der Milchstraße verschwindet.

Ich hatte das Abitur geschafft, dennoch fühlte ich mich als Versager. Die beiden wichtigsten Ziele meiner Schulzeit hatte ich nicht erreicht: Elke oder Christl zu erobern und einen Roman zu schreiben. Bliebe ich weiterhin im Bett, hätte ich nicht die geringste Chance, das erste Ziel doch noch zu schaffen, hingegen war die neue Lebensweise dem Ausdenken und der Niederschrift einer längeren literarischen Arbeit dienlich. Ich konnte meine Zeit frei einteilen, hatte keine lästigen Hausaufgaben zu erledigen, mußte mir keine Ausreden ausdenken, warum ich die Hausaufgaben nicht gemacht hatte, mußte mich nicht mit unnötigem Wissen vollstopfen, ich hatte Muße und Ruhe, niemand störte mich. Nein, das stimmt nicht; meine Mutter störte mich unentwegt. Kein Vorwand war ihr gering genug, mein Zimmer zu betreten und mich mit Fragen, Ratschlägen und Vorhaltungen zu belästigen.

Auswahl der Fragen, Ratschläge und Vorhaltungen:

»Wie lange soll das eigentlich noch so weitergehen?«

»So ein Benehmen ist einfach nicht normal.«

»Wenn du nichts ißt, kommst du nicht zu Kräften.«

»Langsam reicht's mir.«

»Dein Vater würde dir Beine machen, wenn er noch lebte.«

»Wozu stehe ich stundenlang in der Küche, wenn du nichts ißt?»

»Andere in deinem Alter wissen längst, was sie werden wollen.«

»Andere in deinem Alter sind längst auf der Universität und nehmen ihre Zukunft in die Hand.«

»Lange seh' ich mir das nicht mehr an.«

»Wenn du glaubst, ich füttere dich hier noch jahrelang durch, während du den kranken Schriftsteller spielst, hast du dich geschnitten.«

»Echte Schriftsteller sitzen am Schreibtisch und liegen nicht im Bett.«

»Kannst du mir mal verraten, was das alles soll?«

Meine Mutter konnte reden soviel sie wollte, ich reagierte nicht. In ihrer Verzweiflung rief sie meine Großmutter in Hannover an. Die Großmutter kam unverzüglich angereist, häufte die restlichen Bestände ihrer verjährten Weihnachtsplätzchen auf mein Bett, befahl mir, mich zu waschen und anzukleiden, sie habe zwei Eintrittskarten gekauft, erste Reihe Mitte, die Vorstellung beginne um 19 Uhr, ihre Lieblingsoper werde gegeben, *Der Rosenkavalier*, und hinterher sei ein Besuch im Hofbräuhaus angesagt, Schweinshaxe und mehrere Maß Bier. Ich stand auf und ging ins Bad; die Mutter war unschlüssig, ob sie glücklich oder beleidigt sein sollte; sie hatte die Großmutter um Hilfe gebeten, aber daß die Großmutter binnen weniger Minuten den Erfolg erzielte, um den sie, die Mutter, sich wochenlang bemüht hatte, verstimmte sie zutiefst. Bereits zum fünften Mal sah ich den *Rosenkavalier* mit meiner Großmutter, die wieder, wenn die Marschallin sang, so laut sagte, daß man es auf der Bühne hören konnte: »Die alte Lehmann war hundertmal besser.«

»Mein Junge«, fragte die Großmutter im Hofbräuhaus, »was willst du werden?«

»Schriftsteller«, sagte ich.

»Dann mußt du reich heiraten«, sagte die Großmutter, »ich mach dich mit ein paar Damen bekannt.»

»Anastasia?« fragte ich.

»Die hat mir übrigens wieder geschrieben«, sagte die Großmutter, »hat sich für das Paket mit den Weihnachtsplätzchen bedankt. Meine ganze Korrespondenz mit der Anastasia wirst du mal erben. Kannst das Zeug dann für ein Schweinegeld verkaufen, falls es mit der Schriftstellerei und der reichen Heirat nichts wird.«

Sie bestellte eine neue Maß Bier.

»Du solltest Jura studieren und in eine schlagende Verbindung eintreten«, fuhr sie fort, »dann hast du alle Möglichkeiten und gute Beziehungen.« Sie schob ein Stück Schweinshaxe nach und sprach mit vollem Mund weiter: »Aber glücklich wird man erst, wenn man eine Familie gegründet hat. Dein Opa und ich waren glücklich. Aber Anastasia ist unglücklich, weil ihre Familie von den Kommunisten ermordet wurde.«

»Sie hätte längst wieder heiraten können«, sagte ich.

»Wer aus einer so vornehmen Familie stammt, ist natürlich besonders anspruchsvoll und hat Schwierigkeiten, einen passenden Partner zu finden.«

»Hat sie dir mal was über Rasputin berichtet?« fragte ich.

Sie nickte und fing zu erzählen an, aber genau in diesem Moment war die Pause der Blechblaskapelle zu Ende, und die Worte der Großmutter gingen im Fortissimo bayerischer Volksmusik unter.

Nachdem die Großmutter abgereist war, legte ich mich wieder ins Bett, winkelte die Knie an und sann über den ersten Satz meines ersten Romans nach. Der erste Satz ist entscheidend, er ist wie die Eröffnung eines Schachspiels, die der ganzen Partie ihre Richtung weisen, über Sieg oder Niederlage entscheiden kann. Außerdem muß der erste Satz auf den zweiten neugierig machen. Wenn der Leser in der Mitte oder gegen Ende eines Romans mal kurz einschläft, ist das nicht weiter schlimm, aber der Anfang muß sitzen, muß den Leser geradezu nötigen, die Lektüre fortzusetzen. Man darf also keinesfalls mit einer Naturbeschreibung oder Moralpredigt beginnen, auch Erwägungen, die die Änderung der Gesellschaft oder Verbesserung der Menschheit bezwecken, sollte man sich möglichst lange verkneifen.

Gute Anfänge:

Ich wachte auf – die Frau, die neben mir im Bett lag, hatte ich noch nie gesehen. (Erzeugt sofort Spannung und eine kribbelnde erotische Atmosphäre.)

Plötzlich stand der Mann vor mir, den ich vor fünf Jahren ermordet hatte. (Kapitalverbrechen, Schuld, Geheimnis – eine Kombination, die nie verkehrt ist.)

Es kommt selten vor, daß ein Krokodil von einer Lawine verschüttet wird. (Exotik, Katastrophe und ein Schuß Humor.)

Ich legte die Seite mit den ersten Sätzen beiseite. Der beste erste Satz nutzt einem nichts, wenn man nicht weiß, wie die Geschichte weitergehen soll. Es gilt, umgekehrt zu verfahren: Handlung ausdenken, den Anfang auf später verschieben. Wie denkt man sich eine Handlung aus? Zunächst muß ein Konflikt her – Ehe- oder Liebeskonflikt (Dreiecksverhältnis), Gewissenskonflikt (Pflicht und Neigung), Interessenkonflikt (Firmentreue oder abkassieren), Generationskonflikt (Vater Nazi, hat von nichts gewußt). Damit das Buch lang genug wird, sollte man mit Nebenhandlungen nicht geizen, die einem ganz von selbst Nebenfiguren liefern. Aber man muß aufpassen, daß es nicht zu viele werden, wie bei den Russen, wo schon auf den ersten achtzig Seiten ein Personal auftritt, das zahlenmäßig gut und gerne der Einwohnerschaft einer Kleinstadt entspricht, wobei hinzukommt, daß alle ganz ähnlich heißen und jeweils unter mindestens drei verschiedenen Namen auftreten. Bei den Russen muß man sich während der Lektüre eine Liste anlegen, sonst steigt man spätestens ab dem dritten Kapitel nicht mehr durch.

Ich versuchte, den Hauptstrang einer Handlung zu entwerfen, versank aber nach wenigen Minuten in einen angenehmen Halbschlaf. Gleich würde meine Mutter ins Zimmer kommen und fragen, was ich zu Mittag essen will.

Meine Mutter kam rein und sagte: »Was willst du zu Mittag essen?«

»Nichts«, sagte ich, »ich hab keinen Hunger.«

Sie steckte mir das Fieberthermometer unter die Zunge und ging wieder raus. Ich rieb die Spitze des Thermometers zwischen Daumen und Zeigefinger mit der Bettdecke heiß, ließ die Quecksilbersäule auf 38,2 Grad steigen. Die Mutter verstand nichts von künstlerischer Berufung und sollte wenigstens an eine tückische Krankheit glauben.

»Du mußt was essen«, sagte sie, nachdem sie die Temperatur abgelesen hatte.

»Wenn eine Katze krank ist«, sagte ich, »nimmt sie keinerlei Nahrung zu sich. Sie hungert sich gesund.«

»Wo hast du das denn her?« fragte die Mutter.

»Hab ich bei Peter Altenberg gelesen«, sagte ich.

»Wer immer das auch sein mag«, sagte sie, »du bist keine Katze.»

Dann verließ sie das Zimmer, und ich lehnte mich in die Kissen zurück, dachte an das Wien der Jahrhundertwende. Damals hätte ich gerne gelebt, wäre gerne im Café Central an Peter Altenbergs Tisch gesessen, um über Literatur und Frauen zu diskutieren. Altenberg rät mir, ganz kurze Erzählungen zu schreiben, Romane seien nicht mehr zeitgemäß. Begeistert greife ich den Vorschlag auf. Das geht wesentlich leichter als ein Roman. Ich setzte mich hoch, lege ein neues Blatt auf das Brett. Ich brauche nicht lange, um zu merken, daß der Vorschlag Peter Altenbergs nichts taugt. Wenn die Erzählungen durchschnittlich vier Seiten lang sind, müßte ich mir fünfzig Handlungen ausdenken, um auf ein Buch von nur zweihundert Seiten zu kommen. Da ist es einfacher, mit einer einzigen Handlung vorliebzunehmen und diese episch auszuwalzen.

Auswalzmöglichkeiten:

Beschreibung von Innenräumen, Landschaften, Kleidung, Gesichtern; Gedankengänge (innerer Monolog), Diskussionen, Reisen, Mahlzeiten (Kochrezepte), Rückblenden (Kindheit, Schule), Träume (psychologisch erhellendes surrealistisches Zeug), Tagträume (Protagonist besucht Xanthippe, ist gern gesehener Gast an Peter Altenbergs Stammtisch).

Ein Komet am literarischen Himmel. Erster Roman schlug ein

wie eine Bombe. Endlich wieder ein Talent ersten Ranges. Soll man Rezensenten Dankesbriefe schreiben oder den Ruhm in arroganter Abgeschiedenheit als etwas Selbstverständliches hinnehmen und ertragen? Wir sind stolz darauf, ihm ein Interview abgerungen zu haben, das erste seit zehn Jahren. Die meisten Fragen beantwortete zwar die redselige Ehefrau des ungewöhnlich einsilbigen Dichters, doch dessen zustimmendes Kopfnikken verriet uns, daß der Erfolgsautor die Äußerungen seiner Elke billigte.

FRAGE: Wie sahen Ihre Anfänge aus, was hat Sie bewogen, Romane zu schreiben?

ELKE: Er hat ja schon als Schüler geschrieben, anstatt Hausaufgaben zu machen. Sobald er etwas fertig hatte, gab er es mir zu lesen. Ich muß gestehen, daß ich sein Genie nicht sofort erkannt habe.

FRAGE: Stand bei Ihnen von vornherein ein gewisses Anliegen fest?

ELKE: ›Der Leser muß seine eigene kritische Position beziehen‹, war stets seine Überzeugung. ›Ein Buch soll den Geist schärfen und gleichzeitig tief ins Herz dringen‹, hat er mir schon im Pausenhof der Schule gesagt.

FRAGE: Es wird oft von der Krise des Romans gesprochen. Worin besteht Ihr Beitrag, diese Krise zu überwinden?

ELKE: Das ist doch alles dummes Gequatsche. Von der Krise des Romans ist nur im Sommer die Rede – das berühmte Sommerloch, wenn nichts passiert, Semesterferien sind, keine Bücher erscheinen und die Germanisten und Kritiker nichts zu tun haben. Dann wird von der Krise des Romans gefaselt. Es hat nie eine gegeben und wird nie eine geben, solange Autoren wie mein Mann kreativ sind.

Ich stehe auf, mache neben dem Bett ein paar Rumpfbeugen, trete ans geöffnete Fenster und atme tief durch. Nur mäßig erfrischt lege ich mich wieder ins Bett, Sport hatte mir noch nie etwas genutzt. Während meiner gesamten Schulzeit war es mir gelungen, den Turnunterricht offiziell zu schwänzen, dem Schularzt jedes Jahr einige Leiden vorzutäuschen, die durch körperliche Ertüchtigung nur intensiviert werden würden. Ein Sportler würde in meinem Roman nicht vorkommen, das stand fest. Warum muß das erste Buch unbedingt ein Roman sein? Man kann auch mit einem Stapel Gedichte weltberühmt werden. Ich bin überzeugt, daß viele Schriftsteller Lyriker geworden sind, weil ihnen keine Romanhandlung eingefallen ist. Ein Gedicht geht viel schneller, schon weil die Zeilen kürzer sind und die Seiten nicht einmal halbvoll sein müssen. Man braucht keine Story, keine Konflikte, keine Personen, die sich bekämpfen oder lieben. Und reimen muß sich schon längst nichts mehr. Das muß früher recht zeitraubend gewesen sein, diese Reime zu finden. Heutzutage tun es kühne Gedankensprünge und Sensibilisierungsprozesse in freien Rhythmen. Mal sehen, ich klemme eine neue Seite ein, ergreife den Bleistift.

Hymne an Elke. Ich streiche ›Hymne‹ durch. Ode an Elke. Ich streiche ›Ode‹ durch, traue mich nicht, den Radiergummi zu benutzen, weil die Mutter sonst wieder wegen der Radiergummibrösel im Bett und auf dem Fußboden meckert. Einfach: Für Elke. Das ist schlicht und modern.

Sand hinter den Dünen,
der Flut unerreichbar, aber
nicht dem Wind, der ihn
fortweht zur Sahara,
der verdorrten Wüste
unserer Gefühle, kaum
erblüht.

Das ging leichter, als ich dachte. Zu leicht. Darum konnte es nichts sein. Ein bißchen inneres Ringen gehört dazu, wenn gültige Dichtung entstehen soll. Ich zerriß das Blatt und beschloß, keine Gedichte mehr zu schreiben. Außerdem werden Lyriker nie zu Podiumsdiskussionen oder Talkshows eingeladen. Offenbar hält man sie für zu schüchtern und emotional, um einen klaren Gedanken formulieren zu können. Romanautoren hingegen sind gerngesehene Gäste bei solchen öffentlichen Veranstaltungen. Man meint, sie seien qualifiziert, sich zu jedem Thema zu äußern – Politik, Fußball, Kirchenaustritte, die Schul- oder Steuerreform, die schlechten Ernteaussichten.

Schade, daß ich mit Sciencefiction nichts anfangen kann. Man braucht lediglich eine etwas ausufernde Phantasie und minimale naturwissenschaftliche Kenntnisse, um es in diesem Genre zu etwas zu bringen. Ein bißchen was von Astronomie sollte man auch verstehen. Elke und ich machen ein Picknick im schönen Chiemgau. Wir haben alles aufgegessen und sind gerade dabei, den Picknickkorb wieder zu packen, da landet eine fliegende Untertasse auf der Wiese. Eine Treppe wird ausgefahren, und zwei Gestalten steigen aus, die eindeutig keine Erdenbewohner sind. Sie sind nicht grün, sondern gelb, und ihre Körper bestehen aus einer phosphoreszierenden Gelatine. Schön sind sie nicht, zumindest nicht nach bayerischen Normen. Sie kommen näher, komischerweise fürchten wir uns nicht vor ihnen. »Wie wär's«, fragt der eine, »wollt ihr mal ein UFO von innen sehen?« – »Wir sind schon ziemlich spät dran«, sagt Elke und blickt auf ihre Uhr, »ein andermal gern.« – »Das dauert doch nur ein paar Minuten«, sagt der andere, »so eine Gelegenheit bietet sich euch nie wieder.« – »Na gut«, sagt Elke. Wir folgen den Außerirdischen in die fliegende Untertasse. Kaum sind wir drinnen, wird die Treppe eingefahren, die Klappe geschlossen, und das Raumschiff hebt ab. »Ist das eine Entführung?« frage ich. –»Du merkst auch alles«, sagt das gelbe Glibbermännchen. – »Wohin bringt ihr uns?« fragt Elke fast gleichgültig. – »Zum Planeten Alpha X-8«, sagt der Kapitän. »Die Reise wird euch recht kurz vorkommen für ein drei Millionen Lichtjahre entferntes Ziel.« Auf Alpha X-8 empfängt uns eine vor Aufregung wogende Menge, die aussieht wie ein gewaltiger Wackelpudding. Elke und ich sind zwar nicht allein, doch haben wir so etwas wie eine Insel der Glückseligkeit gefunden. Wir sind zusammen, sind vereint, ein ungewöhnliches Schicksal schweißt zusammen wie sonst nichts.

Meine Mutter kam ins Zimmer und servierte mir wortlos Blut- und Leberwurst mit Sauerkraut und Kartoffelbrei. Ich aß mit großem Appetit. Jahre später las ich in einer Abhandlung über die Funktion der Disharmonie in der Wiener Klassik, daß Blut- und Leberwurst mit Sauerkraut und Kartoffelbrei Beethovens Leibgericht gewesen war. Ich kann das gut verstehen, obwohl man schon damals wohl besser nicht fragte, woraus die Würste gemacht wurden. Wie viele große Künstler war Beethoven Alkoholiker. Das Dumme, wenn man zu Hause mit einer echten oder vorgetäuschten Krankheit im Bett liegt, ist, daß man auf den Genuß von Alkohol vollständig verzichten muß. Auch an den Samstagabenden mit Gunter und Malte in Freiham konnte ich vorerst nicht mehr teilnehmen. Ich überlegte, ob ich meiner Mutter eine blitzartige Gesundung am Freitag mit Rückfall am Sonntag glaubwürdig vorgaukeln könnte, aber das hätte höchstens einmal geklappt. Es blieb keine andere Wahl – ich mußte die Krankheit durchziehen. Ich faßte folgenden Plan: Ich bin erst wieder gesund und kann nach Freiham gehen, wenn die Handlung des Romans steht, und zwar inklusive Personenliste und Kapiteleinteilung. Vielleicht klappt es, wenn man mit einem Schauplatz anfängt, mit einer Szenerie, die man behutsam bevölkert, vielleicht ergibt sich dann ganz von selbst eine Geschichte.

Ich nehme ein neues Blatt Papier, lege es auf die Unterlage und zeichne winzig kleine Bilder: ein Schloß, eine Mietskaserne, eine Alpenlandschaft, ein Eisenbahnabteil, einen Polizisten, der einem bärtigen Mann Handschellen anlegt, einen Friedhof samt geheimnisvoller Witwe, eine Straßenkreuzung mit zwei zusammenstoßenden Autos. Das ist es! Ich sinke in die Kissen, schließe die Augen und entwickle die erste Szene: Dem einem Auto, der Schaden ist beträchtlich, entsteigt ein gutaussehender Mann mittleren Alters, aus dem anderen Auto, der Schaden ist ebenfalls beträchtlich, steigt eine bildschöne Frau passenden Alters. Der Mann ist Junggeselle, die Frau ist (noch) verheiratet. Wäre sie auch ledig, gäbe es keinen Konflikt, und es würde nur für eine Kurzgeschichte reichen. Sofort schreibe ich den Anfang nieder: Ein ohrenbetäubender Knall. Blech auf Blech. Rechts vor links.

Ich bin so unzufrieden mit diesem Anfang, daß ich mir das Blatt mit den Zeichnungen wieder vornehme. Die Personen in dem Eisenbahnabteil sind ungelenk ausgefallen, aber das macht nichts. Ich male einen Pfeil von dem Mann mit dem Buch zu der Frau in dem langen Kleid. Danach schlafe ich ein.

Als ich wieder aufwache, bin ich alleine in der Wohnung. Die Mutter hat mir einen Zettel neben die Lampe gelegt, der mich informiert, daß sie beim Friseur sei und anschließend einkaufen gehe. Mein Blick fällt auf die kleinen Zeichnungen, ich zerreiße sie. Mir fällt nichts ein, weil ich das mir gemäße Stimulans noch nicht gefunden habe. Bier, Wein, Drogen, spazieren gehen, im Garten arbeiten, schwimmen, Boxtraining, Straßenbahn fahren, lesen. Nur lesen könnte man im Bett, theoretisch auch Alkohol trinken oder Kokain schnupfen, für alles andere muß man aufgestanden und angezogen sein. Während seiner Jahre in Bamberg saß E.T.A. Hoffmann jeden Abend im Wirtshaus »Zur Rose«, und kaum hatte er sich niedergelassen, kam Pollux, der Hund des Wirts, hinterm Tresen vor, trottete zu Hoffmann, legte ihm den Kopf aufs Knie und sah ihn mit seinen bernsteinfarbenen Augen an. Der Dichter bestellte Champagner oder Punsch, trank ein paar Gläser und fing an, sich Geschichten auszudenken, Geschichten, die er im Geiste oder murmelnd dem Hund erzählte, Geschichten, die er später niederschrieb. Ich gehe ins Wohnzimmer, hole den Käfig mit dem Wellensittich und stelle ihn neben mein Bett. Dann koche ich einen Tee, lege mich wieder hin, lasse den Tee abkühlen, trinke einen Schluck. Mit leiser Stimme fange ich zu erzählen an, irgend etwas von einem Mann, der spät nachts in einer ihm unbekannten Stadt ankommt. Aber das blöde Vieh ist derart aufgebracht wegen des Ortswechsels, daß es pausenlos in dem Käfig herumflattert und die Spelzen des Vogelfutters bis in die hintersten Winkel des Zimmers wirbelt. Ich trage den Käfig wieder ins Wohnzimmer, hole Kehrschaufel und Handfeger und begebe mich ans Reinemachen. Natürlich merkt die Mutter sofort, kaum ist sie vom Einkaufen zurück, daß mit dem Wellensittich etwas nicht stimmt. Der begrüßt sie nicht mit freudigem Zwitschern, sondern sitzt auf seinem Stängchen, den Kopf schief, das eine Auge zugedrückt, das andere starr auf sie gerichtet, wie es Papageien tun, wenn sie beleidigt sind. Die Mutter unterzieht mich einem Verhör.

»Was ist mit dem Tier los?«

»Ich habe es kurz in mein Zimmer geholt.«

»Und warum, wenn ich fragen darf?«

»Weil ich ihm Sprechen beibringen wollte.«

»Einem Wellensittich?«

»Wellensittiche sind Papageien, und Papageien können sprechen lernen, wenn man die nötige Geduld aufbringt.»

»Und was wolltest du ihm beibringen?«

»Guten Morgen, Mami«, sage ich.

»Das fehlt mir noch«, sagt meine Mutter und verläßt das Zimmer.

Jetzt ist die Stimmung verdorben. In einer solch vergifteten Atmosphäre kann man sich keine Romanhandlung ausdenken. Wer zwingt mich überhaupt, Schriftsteller zu werden? Ich habe mein Abitur und kann jeden Beruf ergreifen, den ich will. Das ist das Problem – ich will keinen anderen Beruf ergreifen. Vielleicht erst mal für ein paar Jahre, um Geld zu verdienen. Lehrer käme in Frage, aber dann müßte ich wieder jeden Tag früh aufstehen und in die Schule gehen. Im Bett liegen und nachdenken, das ist nichts für mich, ich bin nicht Marcel Proust, ich habe keine Mutter, die mich verhätschelt, liebevoll zärtliche Botschaften mit mir tauscht, mich drängt, ihr vorzulesen, was ich gerade geschrieben habe, und dann spitze Schreie des Entzückens ob meiner Formulierungen ausstößt. Ich muß erst einmal leben, mich umsehen in der Welt, mir die Hörner abstoßen, um dann dichterisch in den Fundus meiner farbigen Biografie greifen zu können.

Auf der Stelle beschließe ich, gesund zu werden. Um meine Genesung kundzutun, pfeife ich auf dem Weg zur Toilette eine lustige Melodie (Albert Lortzing: Heiterkeit und Fröhlichkeit, ihr Götter dieses Lebens). Für den Rückweg wählte ich eine Passage aus der Fledermausouvertüre. Ich ziehe mich an, gehe in die Küche und frage meine Mutter, was es zum Abendessen gibt.

»Zieh dich sofort wieder aus und leg dich ins Bett«, sagt die Mutter. »Laß mich erst Fieber messen.«

Ich hole das Thermometer und klemme es unter die Zunge.

Normaltemperatur.

»Wie weggeblasen. Ich könnte Bäume ausreißen.«

»Du mußt dich noch schonen«, sagt die Mutter.

»Morgen abend gehe ich nach Freiham«, sage ich.

»Du gehst nicht nach Freiham«, sagt die Mutter, »sonst gibt es einen Rückfall.«

»Und ob ich gehe!« erkläre ich. »Ich bin gesund, mir fehlt nichts!«

Ich habe mein Abitur, die Mutter hat nichts mehr zu sagen,

kann nicht mehr bestimmen. Ich bin ein freier, selbständiger Mensch, der hinaus ins Leben tritt und sich nichts gefallen zu lassen braucht. Viele Dichter haben im Caféhaus geschrieben, manche bestimmt auch im Wirtshaus. Ich werde jetzt jeden Abend nach Freiham gehen, mich an einen der Holztische setzen, Bier trinken und schreiben. Und am Samstag werde ich Gunter und Malte das Manuskript zu lesen geben. Sonntags werde ich sie nacheinander besuchen und mir ihre Gemälde ansehen. Vielleicht können wir schon bald auswandern, um eine Künstlerkolonie zu gründen.

Der Weg nach Freiham ist lang, führt erst durch Lochham, dann durch einen Wald, dann über einen endlosen Pfad zwischen zwei endlosen Kartoffelfeldern. Diese Felder sind mir gut vertraut, oft genug hatte ich Nachmittage auf ihnen verbracht – Kartoffeln klauben, zwanzig Pfennige pro Korb; sechs bis sieben Körbe in einer Stunde waren möglich. Man konnte während der Arbeit nicht nachdenken, sich nichts ausdenken, nicht tagträumen. Idiotische Mathematikaufgaben schossen mir durch den Kopf. *Der Kartoffelaufleser A schafft 30 Körbe à 20 Pfennige an einem Nachmittag, sein Kollege B 32 Körbe. Was kostet das Kilo Kartoffeln?* Der Rücken tat am Ende so weh, daß man nachts nicht einschlafen konnte. Aber nach einer Woche hatte man das Geld für die *Buddenbrooks* zusammen. Dann wurden keine Hausaufgaben mehr gemacht. Während der nächsten Zeit war ich weit fort, während der nächsten Zeit lebte ich in Lübeck. Wenn man einen Weg öfter geht, heißt es, kommt er einem jedesmal kürzer vor. Das stimmte jedenfalls nicht für die Strecke nach Freiham; der war jedesmal gleich elend lang. Aber heute war das sogar von Vorteil, denn ich wollte mir unterwegs einen Roman ausdenken und dann beim ersten Maßkrug gleich mit der Niederschrift anfangen. Zunächst muß man die Kategorie festlegen, das Genre – historischer Roman, Entwicklungsroman, autobiografischer oder Schelmenroman. Wie wäre es, wenn ich eine von der Kritik belächelte Kategorie neu beleben und in für nicht möglich gehaltene Höhen, zum wahren Kunstwerk erheben würde? Den Heimatroman. Ich war begeistert von der Idee. Mit modernen Stilmitteln und kühnen Formexperimenten Ganghofer in den Schatten stellen. Ich hatte kein Fieber mehr, kein Fieber gehabt, aber mein Kopf arbeitete fieberhaft. Ich hatte gerade den Wald betreten, eine stattliche Strecke lag vor mir, eine wenig kurzweilige Strecke, gesäumt von Bäumen, Büschen und Farnen, für die Natur hatte ich mich mein Lebtag nicht interessiert, und die Kartoffeläcker würden noch eintöniger werden, genau die richtige Umgebung, um sich was auszudenken. Mein Wunsch, Wald und Acker hinter mich zu bringen, mich an den Tisch setzen und mit der Niederschrift beginnen zu dürfen, war so drängend, war so pulsierend, daß mir sofort etwas einfiel. Ich mußte mir eingestehen, daß ich im Bett nie auf die Idee mit dem Heimatroman gekommen wäre. Das Bett ist zum Schlafen da, nicht zum Dichten, bei mir jedenfalls. Ein Wald ist, vor allem nachts, voller verwunschener Wesen. Kein Zweifel, neben mir lief das Inspirationszwerglein her, darum klappte alles so einwandfrei. Der Nachteil von einem Heimatroman sind die äußerst schlechten Aussichten, ihn auch im Ausland unterzubringen, weil der Heimatroman etwas typisch Deutsches ist. Auf der anderen Seite kann man damit rechnen, daß das Buch verfilmt wird, und eine Verfilmung bringt mehr Geld als drei Übersetzungen. Das Originelle an meinem Roman waren die Schauplätze: eine Stadt und ein Dorf, das nicht im Gebirge lag. Aus Bergen hatte ich mir noch nie etwas gemacht, meine Liebe gehörte dem Meer. Als Kind wollte ich immer abwechselnd Kapitän und Pirat werden. Das änderte sich während der Pubertät, mir wurde klar, daß man es in beiden Berufen ausschließlich mit Männern zu tun hat. Seemannsbraut ist die See, singt Hans Albers, aber ich hatte eher an Elke oder Christl gedacht. In dem Roman kamen weder ein Graf noch ein Wilderer vor und hörte nicht mit einer Hochzeit auf; er hörte mit der Verschrottung einer Strickmaschine auf, ein Gedanke, auf den ich besonders stolz war. Jedes Wort grub ich in mein Gedächtnis ein, Satz für Satz entstand fast wie von selbst. Der Heimatroman ging ungefähr so:

Heimatroman

Das alte Bauernehepaar sitzt vor seinem Bauernhaus auf der Bank und trinkt Apfelmost. Es ist Abend, und die Sonne schickt ihre letzten Strahlen in das Gemüsebeet. Der Bauer raucht eine Pfeife, die Bäuerin strickt einen Pullover. Bald wird es saukalt werden, da braucht der Bauer einen zünftigen Norweger, damit er sich nicht wieder so einen Schnupfen fängt wie im vorigen Jahr und dann bis in den März hinein hustet, daß es Gott erbarm. Der Bauer denkt sich seinen Teil. Von der festen, dicken Wolle kriegt er einen juckenden Hautausschlag und muß sich dann bis in den März hinein kratzen. Aber er traut sich nicht, etwas zu sagen, weil der Pullover sein Weihnachtsgeschenk werden soll und die Bäuerin sich eine solche Mühe gibt. Früher sind sie an Weihnachten immer nach Mallersdorf zu den Eltern vom Bauern gefahren, und der Vater vom Bauern hat auf der Zither gespielt, und die Mutter vom Bauern hat eine Gans geschlachtet. Die Zeiten sind längst vorbei. Wenn es auf der Welt noch eine Gerechtigkeit gäbe, würde jetzt der Sohn vom Bauern und der Bäuerin seine Eltern zu Weihnachten besuchen, doch der Ludwig wohnt in der Stadt und hat eine geschiedene Frau geheiratet, daß es eine Schande ist, und will von seinen Eltern und dem Dorf nichts mehr wissen.

»Möcht mal wissen, wie's dem Wiggerl geht«, sagt die Bäuerin, während ihre Stricknadeln in der Abendruhe klappern.

»Wenn du den Namen von dem Hundskrüppel noch einmal aussprichst, dann geh ich ins Wirtshaus«, sagt der verärgerte Bauer und spuckt aus.

Fast zur gleichen Zeit sagt in der Stadt die Frau vom Ludwig: »Möcht mal wissen, wie's deinen Eltern geht?«

»Warum interessiert dich das auf einmal?« fragt der Ludwig.

»So halt«, sagt seine Frau Anna.

»Kann's mir schon denken«, sagt der Ludwig, »weil in gut zwei Monaten Weihnachten ist, das Fest der Versöhnung. Aber das kannst du dir gleich abschminken.«

Der Ludwig und die Anna leben in einer modernen Drei-Zimmer-Wohnung mitten in der Stadt. Sie haben eine Waschmaschine, einen Geschirrspülautomat und einen Mikrowellenherd, aber keine Kinder, weil sie damit noch bis zu Ludwigs nächster Gehaltserhöhung warten wollen. Man muß heutzutage ein Verantwortungsgefühl haben und soll erst an Kinder denken, wenn eine solide finanzielle Grundlage da ist. Schließlich möchte man nicht jeden Pfennig zweimal umdrehen und im Sommer in Urlaub fahren, nach Tirol zum Beispiel. Die Anna ist Fußpflegerin und besucht jeden Werktag mit ihrem Köfferchen die Kundschaft, der Ludwig arbeitet als Lagerverwalter bei einer Firma, die Sprungfedern für Sofas herstellt. Kein Wunder, daß die beiden für ihr erstklassiges Sofa im Wohnzimmer nur den halben Preis haben zahlen müssen. Allerdings wurmt es den Ludwig, daß seine Frau selbständig ist, während er es nur zum Lohnempfänger gebracht hat; dafür bringt er an jedem Ersten eine feststehende Summe nach Hause, auf die man zählen kann, während bei Anna nicht selten Ebbe in der Kasse ist.

Die Bäuerin ist zwar bis zum Heilig Abend mit dem Pullover fertig geworden, doch ist der erste Kälteeinbruch schon im November gekommen, sodaß der Bauer jetzt einen Schnupfen *und* einen Hautausschlag hat. Jedesmal wenn die Bäuerin in der Küche oder beim Einkaufen ist, zieht der Bauer den Pullover heimlich aus. Eines Tages wird es ihm zu dumm, er trennt den Pullover auf und wirft den endlos langen, aufgezwirnten Wollfaden auf den Teppich. Als die Bäuerin die Bescherung sieht, ruft sie entgeistert: »Ja, was ist denn hier los?!«

»Bevor ich aufs Häusl bin«, sagt der Bauer, »hab ich den Pullover ausgezogen, damit er hinterher nicht so stinken tut, und als ich zurückkam, hat die Katz den Pullover von Kopf bis Fuß aufgetrennt.«

»Das gibt's doch nicht!« sagt die geknickte Bäuerin.

»Ich war selber ganz baff«, lügt der Bauer.

Nach dem Mittagessen verzichtet die Bäuerin auf ihren gewohnten Mittagsschlaf, setzt sich aufs Kanapee und fängt an, den Norweger neu zu stricken. Einerseits hat der Bauer ein schlechtes Gewissen wegen der doppelten Arbeit, die seine Frau nun hat, andererseits überlegt er schon, wie er den Pullover endgültig loswerden könnte.

»Irgend etwas mit Feuer wäre gut«, denkt er.

Der Ludwig und die Anna haben das Weihnachtsfest gut überstanden. Anna hat ihrem Mann ein Paar Pulswärmer und eine Pudelmütze geschenkt. Ludwig hat seiner Frau einen Gutschein für fünfzig Fläschchen Nagellack unter den Tannenbaum gelegt, damit sie ihre Kundinnen mit einer verblüffenden Auswahl überraschen kann. Ehrlich gesagt, war Anna ein wenig enttäuscht über das Geschenk, sie hatte sich einen Volkswagen erhofft, weil sie keine Lust mehr hat, die öffentlichen Verkehrsmittel zu benutzen, um zu den Kundinnen zu gelangen. Sie hat sich aber nichts anmerken lassen und dem Ludwig vor Freude über den Gutschein einen Kuß gegeben.

»Vielleicht nächstes Jahr«, hat sie bei sich gedacht.

Sobald die Bäuerin ungefähr zwanzig Zentimeter an dem neuen alten Pullover gestrickt hatte, hat der Bauer hinter dem Rücken seiner Frau immer wieder ein kleines Stück aufgetrennt, damit es länger dauert. Die Rechnung ging auf, denn als die Bäuerin fertig war, standen schon wieder die ersten Krokusse im Garten, und die Igel waren aus ihrem Winterschlaf erwacht. Der ewige Kreislauf der Natur hatte erneut eingesetzt.

In den warmen Jahreszeiten sitzen der Bauer und die Bäuerin wieder auf der Bank vor dem Haus. Sie trinken Bier, er raucht seine Pfeife und sie strickt.

»Heuer muß ich frühzeitig anfangen«, sagt sie, »die alten Finger wollen nicht mehr so recht.«

»Quäl dich doch nicht so rum«, sagt der Bauer, »vielleicht leb ich auf Weihnachten gar nicht mehr, und dann war die ganze Arbeit umsonst.«

»Was redst denn da?« sagt die Bäuerin und läßt das Strickzeug in den Schoß sinken. »Red doch nicht so daher. Da kann einem ja gleich ganz anders werden.«

»Der Herrgott wird's schon richten«, sagt der alte Bauer und blickt in die Ferne.

Anna hat ihren Gutschein gegen fünfzig Nagellackfläschchen eingetauscht. Jetzt ist sie die originellste Fußpflegerin im gesamten Bezirk. Sie hat neuerdings so viel zu tun, daß sie abends erst gegen neun nach Hause kommt und der Ludwig nach der Arbeit kein dampfendes Essen mehr vorfindet.

Unter solchen Umständen hängt der Haussegen freilich bald schief.

»Mir ist es lieber«, sagt Ludwig, »wenn du weniger Geld verdienst und ich dafür am Feierabend was zu essen kriege.«

»Ich will nur Geld verdienen, damit wir endlich ein Kind in die Welt setzen können«, protestiert Anna.

»Wann sollen wir denn ein Kind machen?« kontert Ludwig. »Du läßt dich ja vor lauter Müdigkeit gar nicht mehr besteigen.«

»Das ist eine Katze, die sich in den Schwanz beißt«, stöhnt Anna.

»Dabei fällt mir ein«, sagt Ludwig, »meine Mutter hat vorige Woche geschrieben, daß die Katze den Norweger vom Vater aufgetrennt hat und daß sie kaum mehr stricken kann und daß wir sie halt besuchen sollen. Dem Vater geht's auch nicht gut.«

»Dann laß uns doch Ostern hinfahren«, sagt Anna. »Etwas frische Luft kann uns nicht schaden.«

Am Karfreitag stehen der Ludwig und die Anna in aller Herrgottsfrüh auf, nehmen ein kräftiges Frühstück zu sich und fahren zu den Eltern aufs Land. Anna hat sich ein Kissen unter den Rock gesteckt, damit die Mutter glaubt, sie sei schwanger, und eine rechte Freud hat. Ein wenig sauer sind sie schon, als sie sehen, daß es den Eltern gar nicht so schlecht geht, wie der Brief von der Mutter hatte glauben machen sollen. Der Vater hackt Holz, daß die Scheite nur so spritzen, die Mutter sitzt in der höchsten Tanne und repariert das Vogelhaus.

Später, bei Kaffee und selbstgebackenem Kuchen, erzählt der Vater vom Krieg und seinem harten Leben. Die Mutter bestätigt, daß es nicht immer einfach war. Anna sagt, daß es auf dem Land so friedlich sei und man in der Stadt nur noch gespritztes Obst bekomme. Ludwig sagt, wenn er genug Geld gespart hat, würde er sich ein größeres Auto kaufen, einen Mercedes oder BMW.

»Aber wir sparen doch, weil wir mal ein Kind haben wollen«, rutscht es der Anna raus.

»Die Anna denkt bereits ans zweite Kind, gell, Anna?« sagt Ludwig geistesgegenwärtig.

»Das ist gerade noch einmal gutgegangen«, denken Ludwig und Anna gleichzeitig.

Kaum vier Wochen später trifft ein Brief von der Mutter ein, dem Vater gehe es so schlecht, ob sie an Pfingsten nicht kommen wollten?

»Diesmal leimt sie mich nicht«, sagt Ludwig. »An Pfingsten fahren wir nach Österreich und schauen uns die Bergwelt an, oder wir bleiben daheim, dann stecken wir nicht in einem Stau fest.«

»Dann können wir auch endlich das Kind machen«, sagt Anna.

»Und gemütlich fernsehen«, sagt Ludwig. »Hoffentlich gibt es was Gescheites.«

Einen Tag danach ist bereits wieder ein Brief von der Mutter da, der Vater habe den Wunsch geäußert, wenigstens einmal in seinem Leben eine Stadt zu sehen, und sie wollten an Pfingsten kommen und würden im Hotel wohnen, damit es keine Umstände macht. Außerdem soll es in der Stadt viel weichere Wolle geben als auf dem Land, und Anna möge sich doch nach einem guten Geschäft erkundigen.

»Da haben wir den Salat«, sagt Anna.

»Das ist ganz einfach«, sagt Ludwig, »wir schreiben, daß wir in Österreich schon gebucht haben und nicht mehr absagen können, weil wir sonst das ganze Geld verlieren, und daß es das nächste Mal bestimmt klappt.«

»Aber das ist doch eine Lüge«, sagt Anna.

»Na und?« sagt Ludwig. »War dein Kissen unter dem Rock vielleicht keine Lüge?«

Die Zeit vergeht so schnell, daß es bald wieder Weihnachten ist. Der Bauer hat Angst vor dem neuen Pullover und beschließt, den Winter im Bett zu verbringen. Da ist es auch warm, und er muß sich nicht dauernd kratzen. Natürlich kann er dann nicht mehr am Samstag zum Stammtisch gehen, dafür muß er weniger arbeiten. Nur muß er aufpassen, daß die Bäuerin vor lauter Mehrarbeit nicht tot umfällt, sonst ist er der Gelackmeierte. Ende November sagt der Bauer, ihm sei schlecht, und legt sich ins Bett. Die Bäuerin bringt ihm eine Wärmflasche, und da sie nicht weiß, was ihm fehlt, gibt sie ihm sämtliche Hausmittel, die ihr seit Großmutters Zeiten bekannt sind – heiße Milch mit Honig, Eukalyptusbonbons, Haferschleim, Hagebuttentee, Kamillendampf zum Inhalieren, heiße Zitrone, Brennesselsuppe, Knoblauchpudding, Brustwickel mit scharfem Senf, Halswickel mit rohen Zwiebelringen und so weiter. Der Bauer ist kein Intellektueller, darum kann er den psychologischen Mechanismus der Hausmittel nicht analysieren, aber er spürt mit dem Instinkt des unverdorbenen Landmanns, daß der Patient allein darum so schnell gesund wird, damit er dieser grauslichen Therapie entrinnt. Und da der Bauer nicht einmal krank war, wirkten die Hausmittel der Bäuerin umso schneller. In anderen Worten, bereits Anfang Dezember ist der Bauer wieder aus dem Bett, geht zum Stammtisch und freut sich des Lebens. In der Zeitung liest er, daß wegen der Klimakatastrophe ein ungewöhnlich milder Winter zu erwarten sei, und da hat er gleich doppelt gute Laune. Er wird den Pullover kein einziges Mal tragen müssen.

Die Anna ist spuckewütend, sie hat zu Weihnachten wieder keinen PKW bekommen, sondern einen Satz neuer Fußnagelfeilen mit echten Perlmuttgriffen. Diesmal kann sie ihre Enttäuschung nicht so recht verbergen, was dem sensiblen Ludwig nicht entgeht.

»Was hast'n?« fragt er.

»Nix«, antwortet sie. »Alles in Ordnung.«

Während Ludwig noch den Kopf schüttelt, geht Anna in die Küche, um die polnische Mastgans mit geschmolzener Butter zu übergießen.

Im Haus des Bauern und der Bäuerin verläuft das Weihnachtsfest viel harmonischer. Der Bauer hat wieder seinen Norweger geschenkt bekommen, und die Bäuerin kann ihr Glück kaum fassen, als sie die Strickmaschine sieht, die der Bauer für sie gekauft hat und die buchstäblich in letzter Sekunde geliefert worden war. Die Gebrauchsanweisung ist so umfangreich wie das Alte Testament, und der Bauer weiß, daß seine Frau sie nie im Leben schnallen wird. Er braucht sich vor Pullovern nicht mehr zu fürchten, egal, wie viele Jahre der Herrgott ihm noch schenkt.

»Weißt, was mich wundern tut«, sagt die Bäuerin beim Nachtisch, sie hat Bratäpfel zubereitet, »mich wundert, daß die Anna noch immer ihr Kind nicht hat. Allmählich wär's doch an der Zeit, meinst nicht?«

»Ja mei«, sagt der Bauer, »heutzutag ist alles anders.«

»Red doch keinen Schmarrn«, sagt die Bäuerin, »ein Kind dauert neun Monate, da hat sich nichts geändert, und die Anna trägt jetzt schon länger als ein Elefant.«

»Ja mei«, sagt der Bauer.

Die Bäuerin macht den Weihnachtsabwasch, dann setzt sie sich an den Küchentisch und schreibt dem Ludwig einen Brief, in dem sie sich nach der auffallend langen Schwangerschaft erkundigt, und wo ihr Enkelkind bleibt. Danach schildert sie das schöne Fest und die schöne Strickmaschine.

Anna und Ludwig wissen nicht, was sie der Mutter antworten sollen. Die Wahrheit können sie unmöglich zugeben, und den Gedanken, etwas von einer Scheinschwangerschaft zu erzählen, verwerfen sie sofort. Sie überlegen lange, essen dabei Erdnüsse und trinken einen spritzigen Mosel. Weil ihnen nichts besseres einfällt, entscheiden sie sich dann doch für die Scheinschwangerschaft und schreiben es der Mutter. Als P.S. setzen sie drunter, daß es nun bestimmt bald glattgehen wird. Ein bißchen komisch fühlen sie sich schon wegen der blöden Ausrede, aber sie wollen der Mutter, der guten, alten Haut, halt um keinen Preis weh tun. Sie können freilich nicht ahnen, daß die Mutter den Brief nicht einmal öffnen wird, da sie seit Wochen nur noch mit der Gebrauchsanweisung für die Strickmaschine beschäftigt ist. Sie zweifelt allmählich an ihrem Verstand und ist überzeugt, es sei einfacher, Japanisch zu lernen oder ein Atomkraftwerk zu bedienen. Sie hat schon mindestens vierzehn Kilo Wolle versaut, die sich immer wieder in den Ösen und Spulen zu wüsten Knäueln verheddert. Den Mechanikern vom Strickmaschinenwerk, die sie jeden Tag ein Dutzend mal anruft, wird es allmählich zu blöd – wenn sie den Automaten nicht kapiere, solle sie doch Stricknadeln nehmen oder ihre Pullover bei Hertie kaufen, schließlich hätten sie eine andere Arbeit auch noch zu tun. Da fällt der Bäuerin zufällig das neue Verzeichnis der Volkshochschule in die Hände, die einen Strickmaschinengrundkurs anbietet, und die Bäuerin schöpft neuen Mut. Aber es gab nur zwei Anmeldungen, und der Kurs wurde gestrichen. Und der Bauer lacht sich ins Fäustchen, weil seine Taktik so gut geklappt hat. Zwar war jetzt ein Großteil seiner Ersparnisse im Eimer, weil die Strickmaschine so teuer gewesen war, aber unterm Strich war es doch eine Investition, die sich gelohnt hat. Bald fängt die Bäuerin wieder an, der Anna Briefe zu schreiben und nach dem Kind zu fragen.

»Könnten wir uns nicht«, meint Ludwig mit listigem Lächeln, »für einen Tag das Baby von den Nachbarn ausleihen und zu den Eltern fahren, damit endlich eine Ruh ist.«

»Bist wohl narrisch worn«, sagt Anna entsetzt.

»Warum denn nicht?« beharrt Ludwig.

»Weil es nicht in die Tüte kommt«, sagt Anna.

»War halt nur so eine Idee von mir«, sagt Ludwig.

»Solchene Ideen kannst du für dich behalten«, sagt die noch immer vergrätze Anna.

»Laß uns nicht streiten«, sagt Ludwig mit einem versöhnlichen Lächeln. »Laß uns lieber ins Schlafzimmer gehen, du weißt schon ...«

Auf den Tag genau neun Monate später war's dann soweit. Und vor lauter Freude hat die Bäuerin ihre Strickmaschine zum Sperrmüll gegeben.

In dem Wirtshaus in Freiham, es hieß komischerweise Schloßwirtschaft, obwohl weit und breit kein Schloß war, zumindest war mir nie eins aufgefallen, setzte ich mich an den hintersten Tisch, packte Papier, Bleistift und den Radiergummi aus und bestellte eine Maß Bier. Außer mir war nur noch ein alter Knecht im Schankraum. Alle paar Minuten nahm er eine Prise Schnupftabak und sagte: »Jaja.«

Die Kellnerin brachte mir die Maß und sagte: »So.«

Sie blieb stehen, ich trank einen Schluck.

»Wo sind denn die anderen heut?« fragte sie.

»Daheim«, sagte ich.

»So, daheim«, sagte sie. »Aber am Samstag kommts wieder alle mitanand?«

»Freilich«, sagte ich.

»Hast ein Papier mitbracht«, sagte sie. »Willst Hausaufgaben machen in der Wirtschaft drin?«

»Ich bin fertig mit der Schul«, sagte ich.

»Und was willst werden?« fragte sie.

»Weiß noch nicht«, sagte ich.

»Wannst gscheit bist«, sagte sie, »lernst ein Handwerk. Handwerk hat goldenen Boden.«

»Da hast recht«, sagte ich.

Sie ging zu dem Knecht und fragte: »Trinkma no oan?«

Der Knecht nickte, ohne aufzusehen.

»Moanst, daß früher alles besser war?« sagte er. »Vorm Krieg?«

»Mei, des is doch scho so lang her«, sagte die Kellnerin.

Ich nahm noch einen Schluck und dann meinen Bleistift. *Erstes Kapitel* schrieb ich. Gibt es auch einen geistigen Radiergummi? Wenn ja, hatte er während des Gesprächs mit der Kellnerin gründliche Arbeit geleistet. Der Heimatroman war weg, aus meinem Kopf verschwunden; nicht einmal an die Namen der Personen erinnerte ich mich. Ich erinnerte mich nur noch an die Wörter *Scheinschwangerschaft* und *Strickmaschine.* Wie war das möglich? Das literarische Vorhaben hatte sich aufgelöst, war verschüttgegangen, dafür hatte ich vielleicht eine große psychologische Entdeckung gemacht: Das Genie verfügt über eine unbewußte Zensurbehörde, die alles Untaugliche sofort eliminiert, um den Geist zu würdigeren Projekten zu lenken. Oder war das Inspirationszwerglein sauer, weil ich nicht im Wald geblieben war, mich nicht für die Niederschrift auf einen Baumstumpf gesetzt hatte? Das wäre gar nicht gegangen, weil es nachts im Wald dunkel ist. Oder war die Absicht, in Freiham einen Roman zu schreiben, nur der unbewußte Vorwand, um die engelhafte, schwarzhaarige Frau zu sehen, die Geschirrspülerin in der Küche? Ein schönes Mädchen, wenn auch, wie ich vermutete, schlichten Geistes. Aber Goethes

Christiane war auch keine Leuchte, und die Frau in der Küche von Freiham sah wenigstens gut aus.

Ich kannte nicht einmal den Namen der schwarzhaarigen Frau. Vielleicht wurde sie Sissy gerufen, das hätte mir gefallen. Ich kannte alle Sissyfilme mit Romy Schneider und den Ludwig II. mit O.W. Fischer auch. Nachdem ein Mann in München diesen Film gesehen hatte, bestieg er die sogenannte Selbstmörderbrücke über der Isar und stürzte sich in die Tiefe. Im Abschiedsbrief stand, daß es in seinem Leben nichts Schöneres als diesen Film mehr würde geben können, weswegen er nun aus der Welt scheide. Ich hätte mir den Film halt ein zweites Mal angesehen. Ich würde ihn mir sogar ein zweites Mal ansehen, wenn die Sissy (die aus Freiham) das wünscht. Keine Bitte würde ich ihr abschlagen, nur wenn sie ein Dirndl geschenkt haben will, stieße sie auf taube Ohren.

»Ein Dirndl? Ja, bist du denn narrisch? Das kommt mir nicht ins Haus, da beißt du auf Granit bei mir.«

Sie weint. Ich laß mich nicht erweichen.

»Hol mir lieber noch ein Bier und bring mir die Zeitung.«

»Dein blödes Bier kannst dir selber holen, und mit der Zeitung hab ich den Herd angemacht.«

Ein wenig leid tut sie mir schon. Ich nehm sie in den Arm und sage: »Schau, Sissy, ich find halt, daß dir ein Dirndl nicht steht. In einem schönen Kleid vom Konen schaust viel fescher aus. Ich will doch nur, daß die Männer neidisch sind auf was für eine schöne Frau ich hab.«

Sie nickt, wischt sich die Tränen mit dem Handrücken ab und holt mir das Bier.

Der alte Knecht war an seinem Tisch eingeschlafen. Aus seiner Nase rann braun verflüssigter Schnupftabak. Die Kellnerin kam an meinen Tisch und fragte: »Trinkma no oan?«

»Ja«, sagte ich, »aber dann langts für heut.«

Ich ging zum Klo. Die Küchentür war zu, heute würde ich mit der Sissy keine Blicke tauschen können. Ein rundum erfolgloser, mißlungener Abend: Der so schön ersonnene Heimatroman – er fiel mir erst Jahre später wieder ein – hatte sich aus meinem Gehirn gestohlen, und zu der Sissy hat es wieder keine Annäherung gegeben. Ebensogut hätte ich zu Hause bleiben und meiner Mutter eine Freude machen können.

Am nächsten Tag rief ich meine Großmutter an, ob sie mir vorläufig ihr Gästezimmer überlassen würde, ich wolle in Hannover Germanistik bei Professor Hans Mayer studieren.

»Mayer«, sagte sie, »das ist kein Name für einen Professor. Studier lieber bei einem anderen.«

»Es gibt keinen Besseren«, sagte ich, »all seine Studenten haben es zu etwas gebracht, sind ebenfalls Professoren oder berühmte Literaturkritiker.«

»Gut«, sagte sie, »du kannst das Zimmer haben.«

3

Im Zug nach Hannover sitzt mir eine Frau gegenüber, die gut und gern die Sissy sein könnte. Ich hatte die Sissy nie richtig gesehen, da es in der Küche, in der sie das Geschirr spülte, immer dämmerig war. Aus Sparsamkeitsgründen hing nur eine 25-Watt-Birne von der Decke, womöglich war es noch die Notbeleuchtung vom Krieg her. Ich versuche, einen Augenkontakt mit der Frau herzustellen, aber sie ignoriert mich. Falls es wirklich Sissy ist, erkennt sie mich bloß nicht, weil der Flur, der zu den Toiletten führte, noch dunkler als die Küche war. Nicht ausgeschlossen, daß keiner so recht wußte, wie der andere aussah, und wir uns nur wegen des schlechten Lichts liebten.

»Entschuldigen Sie«, sage ich, »waren Sie schon mal in Freiham?«

Die Frau reagiert nicht.

»Haben Sie in der Wirtschaft dort Teller gespült?«

Sie reagiert wieder nicht. Vielleicht ist sie taubstumm. Ich nehme den Druckbleistift aus der Innentasche meiner Jacke, schreibe meine Fragen auf den Rand des Faltblatts mit den Abfahrts- und Ankunftszeiten und reiche ihr das Papier. Sie nimmt und zerreißt es, ohne einen Blick darauf geworfen zu haben, und steckt die Schnipsel in den Aschenbecher. Die Frau ist nicht taubstumm, sondern emanzipiert. Auf keinen Fall ist sie die Sissy aus Freiham. Die werde ich wohl nie wiedersehen.

Ein neuer Lebensabschnitt hat begonnen. ›Hannover ist besser als sein Ruf‹, sage ich mir während der gesamten Fahrt. Zwei große Künstler hat Hannover hervorgebracht; der eine ist bei erster sich bietender Gelegenheit abgehauen, der zweite ist tapfer geblieben, bis er fliehen mußte.

Wenn Sie beide Fragen richtig beantworten, kommen Sie in die nächste Runde und haben gute Aussichten, zwei Wochen Mallorca zu gewinnen, der Toaster und der Fernsehsessel gehören Ihnen auf jeden Fall, auch wenn Sie die Antwort diesmal nicht wissen.

Der erste Schriftsteller war Frank Wedekind.

Jaaa, richtig, Frank Wedekind. Und wie heißt der zweite Schriftsteller, der übrigens auch bildender Künstler war? Jetzt geht's um die Wurst, Frau Stenzel, nein, nicht um die Wurst, um zwei Wochen Mallorca für zwei Personen. Die Uhr läuft, Frau Stenzel, noch 16 Sekunden Zeit. Ganz ruhig überlegen. Ein Künstler aus Hannover.

Ich ... Thomas Mann, nein ... ich ... ich weiß es nicht.

Der Gong. Schade, Frau Stenzel. Kurt Schwitters. Das war der Name, nach dem gefragt wurde. Ja, es hat nicht sollen sein. Ich hoffe, es hat trotzdem Spaß gemacht. Wie gesagt, der Toaster und der Fernsehsessel ...

Die Großmutter steht in der Küche und kocht die Begrüßungsmahlzeit. Das Mittelstück eines Ochsen schmort im Backofen, auf den Herdplatten stehen Töpfe mit Gemüse, Nudeln und Klößen. Vier verschiedene Küchenuhren ticken die Garzeit ab.

»Es ist gut, daß du hier studieren willst«, sagt sie, »dann kannst du mir mit den Weihnachtsplätzchen helfen. Aber jetzt trinken wir erst mal einen. Hol eine Flasche Sekt aus dem Eisschrank; wo die Gläser stehen, weißt du ja.«

Wir stoßen an. Die Großmutter nippt erst an ihrem Glas, dann trinkt sie es ex.

»Schenk nach«, sagt sie.

Ich schenke nach.

»Hast du dich bei deinem Professor Müller schon vorgestellt?« fragt sie.

»Mayer«, korrigiere ich. »Nein, wann denn? Ich bin vor zehn Minuten angekommen.«

Eine Küchenuhr klingelt.

»Der Braten«, sagt die Großmutter. »Geh in die Küche und stell den Backofen aus.«

Ich gehe in die Küche und stelle den Backofen aus. Als ich zurückkomme, ist das Glas der Großmutter wieder leer. Ich schenke nach.

»Du hast Glück«, sagt sie. »Morgen wird in der Oper der Rosenkavalier gegeben. Ausverkauft. Aber ich habe noch zwei Karten für die erste Reihe bekommen.«

»Wie schön«, sage ich.

»Wann willst du heiraten?« fragt sie.

»Wenn ich die Richtige gefunden habe.«

»Und? Noch nichts in Aussicht?«

»Ich habe mich in die Tellerwäscherin meiner Stammkneipe verliebt«, gestehe ich und schenke nach.

»Du bist wohl nicht gescheit!« ruft die Großmutter.

»Immerhin eine Schloßwirtschaft«, sage ich.

»Dann solltest du ins Schloß auf Brautschau gehen und nicht in die Wirtschaft, so macht man das.«

»Sie ist sehr hübsch«, sage ich, »arbeitet nur in den Semesterferien dort. Sie wird dir gefallen. Sie studiert Germanistik und schreibt ihre Doktorarbeit über das Thema ›Der Gebrauch des Genitivs beim jungen Gryphius‹.«

»Hat ihre Familie Geld?«

»Das weiß ich nicht, ist mir auch egal.«

»Das Thema Brautschau überläßt du besser mir«, sagt die Großmutter.

Zwei Jahre lebte ich in Hannover im Gästezimmer meiner Großmutter. Wo die Universität liegt, weiß ich bis heute nicht. Ich bin überzeugt, daß Professor Mayer wunderbare Vorlesungen hielt, ich habe keine einzige gehört. Dafür habe ich meiner Großmutter ständig Geld für Bücher abverlangt, die ich angeblich für mein Studium brauchte.

Einige Bücher, die ich angeblich brauchte:

Das Nibelungenlied in didaktischer Sicht
Geschichte der Wielandrezeption im frühen 19. Jahrhundert
Zur Funktion des eingeschobenen Nebensatzes in Kleists Monologen
Gustav Freytag und der schwäbische Frühkapitalismus
Goethes unreine Reime als Schlüssel zum Verständnis seiner Faustdichtung
Wetterbeschreibungen bei Eichendorff – eine kritische Würdigung

Jedesmal gab mir die Großmutter das Geld, das ich immer gleich auf mein Konto einzahlte. Nur einen Rest behielt ich zurück, um die Aufenthalte in Hannovers Café- und Wirtshäusern finanzieren zu können. Da ich ein Universitätsstudium vortäuschte, mußte ich mehrere Stunden täglich außer Haus verbringen. Die Großmutter gab mir auch Geld für die Studiengebühren, die Studentenkrankenkasse, die Mensa, für frei erfundene wissenschaftliche Exkursionen unter Leitung von Professor Hans Mayer, etwa zu Goethes Geburtshaus oder zum Schiller-Nationalmuseum in Marbach. Zudem gestand sie mir ein monatliches Taschengeld von zweihundert Mark zu. Frühstück, Abendessen und Unterkunft kosteten mich nichts. Und zu Weihnachten und zum Geburtstag wünschte ich mir nur immer Bargeld. Als Ge-

genleistung mußte ich mit der Großmutter einmal wöchentlich in die Oper und sonntags in die Opernkonditorei gehen, wo sie sich nach wie vor mit ihren Hexen traf, um Berge kirschen- und rumdurchwirkter Torten zu vertilgen. Noch immer diskutierten sie die Artikel aus dem *Goldenen Blatt* und der *Frau im Spiegel.* Inzwischen hatte es ein paar neue Krönungen, Hochzeiten und Scheidungen gegeben. Ich konnte nicht mithalten, da ich von den komplizierten Verhältnissen und Intrigen in Europas Königshäusern ebensowenig verstand wie von Germanistik. Adenauer war mittlerweile gestorben, meine Großmutter hatte andere Witwer ins Auge gefaßt, durchwegs, wie sie durchblicken ließ, dem Hochadel entstammend. Die Hexen waren in den letzten Jahren nicht hübscher geworden, sie trugen schwarze Kleider, auf denen ihre faltigen Köpfe steckten. Sie sahen aus wie verbitterte Truthennen, die auf den Metzger warteten. Dazwischen meine Großmutter: prall, bunt und fröhlich, von den Ohrläppchen bis zum Gürtel mit Schmuck ausgestattet – Ohrringe, Broschen, Halsketten, Armbänder, Spangen, Fingerringe, ein wandelnder Juwelierladen. Die Hexen tranken Tee und aßen nicht mehr so viel wie früher, eine Schillerlocke, eine Apfelschnitte, die Großmutter trank Kaffee und Piccolos und suchte die Tortenstücke nach Cremeschichten und Farbenpracht aus. Ich saß schweigend dabei, beobachtete die Kellnerinnen. An Schönheit und Anmut konnte es keine mit der Tellerwäscherin aus Freiham aufnehmen. Aber vielleicht lag es nur daran, daß die Beleuchtung in Hannover besser war.

Die Großmutter hatte die Küchenhilfe in Freiham ebensowenig vergessen wie ich. Sie lud Töchter ihrer adeligen Bekannten zum Nachmittagskaffee, in die Oper und die Opernkonditorei ein. Die Mädchen trugen knöchellange Kleider und ausgefallene Namen, die immer auf den Buchstaben *a* endeten. Die erste hieß Cynthia und hielt beim Lachen die Hand vor den Mund, die zweite hieß Patricia und hatte einen attraktiven Damenbart, die dritte hieß Kordula oder Cordula, wählte CDU und war überzeugte Katholikin. Meine Großmutter war schon ganz verzweifelt, daß mir keine zusagte, da stellte sie eine neue Haushaltshilfe ein, genauer gesagt, ein Lehrmädchen, zugeteilt vom niedersächsischen Hausfrauenverband, dessen langjähriges Mitglied Großmutter war. Das Mädchen hieß Steffi, hatte rote Haare und immer gute Laune. Wenn sie um zwei Uhr nachmittags mit der Arbeit fertig war, gingen wir zusammen durch die Stadt, spazierten in der Eilenriede oder besuchten den Zoo. Steffi wollte Puppenspielerin werden. Sie träumte davon, mit einer eigenen Bühne von Schule zu Schule, von Jahrmarkt zu Jahrmarkt zu ziehen.

»Aber allein geht das nicht«, sagte sie. »Willst du nicht mitkommen, mein Partner werden?«

Die Idee gefiel mir.

»Du wirst es mir nicht glauben«, sagte ich, »aber manchmal habe ich das Gefühl, schon einmal auf der Welt gewesen zu sein, und zwar als Mitglied einer Commedia dell'arte-Truppe.«

»Schon möglich«, sagte Sreffi, »du bist ein frustrierter Komödiant.«

»Wie wollen wir uns fortbewegen?« fragte ich. »In einem VW-Bus oder in einem alten Zirkuswohnwagen mit Pferden?«

Steffi lachte und gab mir einen Kuß.

»Eben hast du *wir* gesagt.«

»Entschuldige, das war voreilig.«

»Ich mache die Puppenköpfe und die Kostüme, und du schreibst die Stücke«, sagte Steffi.

Ich mochte Steffi. Sie redete ein bißchen viel und nicht selten reichlich verworrenes Zeug, mal war ihr Vater Polizist in Wunstorf, mal war er Fuhrunternehmer im Ruhrpott, mal war er vor vier Jahren gestorben. An manchen Tagen hatte sie ein halbes Dutzend Geschwister, dann wieder war sie Einzel- oder Findelkind. Mich störte das wenig, ich war nur froh, daß ich nicht eine Biografie über sie schreiben mußte. Wie wäre es, die Erzählungen Steffis gegen die Mono- und Dialoge der Hexen zu setzen, immer abwechselnd und in direkter Rede? Das ergäbe ein aufregendes Stück experimenteller Prosa, das dem Leser sinnfällig die Unbehaustheit des jungen Menschen im Kontrast zum monarchistischen Traditionsbewußtsein der älteren Generation vor Augen führt.

Ich hatte lange überlegt, was ich in den Semesterferien arbeiten könnte, um mein Bankguthaben zu vergrößern. Während ich im Halbschlaf neben meiner Großmutter sitzend der Wahnsinnsarie der Lucia di Lammermoor zuhörte, kam mir der Gedanke, eigentlich auch während des Semesters arbeiten zu können, da ich ohnehin nicht studierte. Eine großartige Idee, die mich erfreute, gleichzeitig ärgerte ich mich, daß mir das nicht früher eingefallen war. Die Arie war zu Ende, ich applaudierte und rief ›da capo!‹. Ich wollte das Lamento noch einmal hören, da es offenbar anregend auf meine geldgierigen Überlegungen wirkte. Aber die Sopranistin tat mir den Gefallen nicht, die Oper ging weiter. Schlafen konnte ich jetzt nicht mehr, zu sehr hatte mich die Aussicht, reich zu werden aufgewühlt.

Wozu wollte ich so viel Geld haben? Ich wollte es nicht, ich mußte es haben. Mein Plan stand fest: nach New York auswandern. New York war die Hauptstadt der Welt, nur dort würde ich in der Lage sein, meinen Debütroman zu Papier zu bringen. Es gibt Künstler, die unabhängig von ihrer Umgebung schaffen können (Schwitters, Picasso, Bert Brecht), andere brauchen ein ganz bestimmtes Ambiente, einsame Landschaften, frische Luft (Hermann Löns, Arno Schmidt) oder Großstadtlärm, Verkehrsstaus, Kneipen, Theater, Polizeirazzien (Wedekind, Oskar Maria Graf, Edgar Wallace). Leider gehöre ich zur zweiten Kategorie.

Was gäbe ich darum, an einem Tisch in der Schloßwirtschaft Freiham, im Gästezimmer meiner Großmutter oder unter einer Linde in der Lüneburger Heide sitzen zu können und heftig inspiriert die Seiten zu füllen!

Obwohl der tierliebe Dichter zeitlebens gerne einen Hund gehabt hätte, war es ihm nie vergönnt, sich diesen Wunsch zu erfüllen, da seine Wohnverhältnisse das nicht gestatteten. Als typischer Großstadtmensch und meistens knapp bei Kasse, mußte er in der Regel mit Untermietzimmern und winzigen Dachbehausungen vorliebnehmen. Zwar hatte er nach dem überwältigenden Erfolg seines ersten Romans ein Penthouse auf der Fifth Avenue beziehen können, doch war in diesem Apartmentbuilding Tierhaltung strikt untersagt. Wäre er fähig gewesen, auf dem Lande zu leben, hätte er sich peruanische Zwerghühner gehalten, jene, die grüne Eier mit niedrigem Cholesteringehalt legen.

Die Jobmöglichkeiten waren ebenso begrenzt wie meine Fertigkeiten. Nicht einmal Nachhilfeunterricht hätte ich erteilen können, da ich in fast allen Fächern weit unterdurchschnittliche Leistungen erbracht hatte und das auch nur mit Hilfe einer Heerschar geduldiger Nachhilfelehrer. Nur in Englisch war ich ganz gut gewesen, ohne allerdings von Grammatik die geringste Ahnung zu haben, weswegen ich auch in diesem Wissenszweig als Lehrkraft ungeeignet war. Bei realistischer Betrachtungsweise standen mir nur Karrieren bei der Post und als Laufbursche irgendeiner Firma offen. Verkäufer wäre noch gegangen, unter Umständen gefährlich, hätten meine Großmutter oder eine der beiden Hexen den Laden betreten. Ich hätte also nur in einem Laden arbeiten können, zu dessen Kundschaft keine älteren Damen zählten: Kraftsportartikel, elektronische Ersatzteile, Bergsteiger- und Tiefseetaucherbedarf etc. Sollte mich die Post als Briefträger einstellen und mir eine Route zuteilen, die die Adresse einer der beiden Hexen streift, wären Situationen größter Peinlichkeit vorprogrammiert gewesen. Ich läute an der Wohnungstür, eine krächzende Stimme fragt: »Wer ist da?« – »Post. Einschreiben. Aufmachen und Unterschrift her!« rufe ich. – Die Tür geht auf, und vor mir steht die Hexe eins oder zwei mit tortenverschmiertem Maul, das *Goldene Blatt* unter dem Arm. »Ach, Sie sind's«, sagt die Hexe, »studieren Sie nicht mehr?« – »Doch«, sage ich, »bin nur für einen Freund, einen Werkstudenten eingesprungen.« Die Hexe unterschreibt, nimmt den Brief entgegen, schließt die Tür, tobt zum Telefon und ruft meine Großmutter an. Am Abend muß ich unangenehme Fragen beantworten. Die Großmutter ist entsetzt, ihr Mißtrauen ist geweckt. Ich beruhige sie, versichere ihr, daß ich nicht professioneller Briefträger geworden sei, lediglich einem Kolli..., einem Kommilitonen einen Gefallen erwiesen habe, der Junge sei kurz nach Davos gereist, um seine schwindsüchtige Mutter zu besuchen, und hätte seine Arbeit verloren, wenn ich nicht ... Die Großmutter drückt meine Hand und nickt. Im Fach Ausreden hätte ich brillanten Nachhilfeunterricht geben können.

»Steffi«, sagte ich, »weißt du nicht einen Job für mich?«

»Natürlich«, sagte sie, »ich muß nur meinem Vater Bescheid geben. Ich hab dir doch erzählt, daß er auf dem Kohlenhof arbeitet.«

»Ja«, sagte ich, »das hast du mir erzählt.«

»Die suchen immer Hilfskräfte«, sagte Steffi. »Die Bezahlung ist beschissen.«

»Egal«, sagte ich, »alles ist besser als nichts. Ich brauche Geld.«

»Für unser Puppentheater?«

»Nein, nicht für das Puppentheater. Ich will auswandern, nach New York. Nur da kann ich meinen ersten Roman schreiben, ich fühle es, ich weiß es.«

Und tatsächlich, nach wenigen Tagen konnte ich auf dem Kohlenhof anfangen. Ich mußte um fünf Uhr in der Früh aufstehen, mir für die Frühstücks- und Mittagspause genügend belegte

Brote und eine Thermosflasche voll Kaffee zubereiten und dann eine Stunde mit der Straßenbahn fahren. Meine Aufgabe bestand darin, Kohlensäcke mit Kohlen zu füllen, zur Waage zu schleppen, zu wiegen, Kohlen herauszunehmen, falls das Gewicht von einem Zentner überschritten war, oder Kohlen hinzuzufügen, falls der Sack weniger als einen Zentner wog, und den Sack dann zu einem Lastwagen zu tragen. Um fünfzehn Uhr war die Schicht zu Ende. Mir tat der Rücken so weh, daß ich nur noch wie Groucho Marx laufen konnte.

»Ist was mit deinem Rücken nicht in Ordnung?« fragte meine Großmutter, als ich ins Eßzimmer kam.

»Ich mußte Professor Mayer einen Turm Bücher von der Bibliothek in sein Büro tragen«, sagte ich.

»Ach so«, sagte die Großmutter.

Am Ende der Schicht begab man sich in den Duschraum und versuchte, mit Kernseife, Shampoo und kochend heißem Wasser die Spuren des fettigen Kohlenstaubs vom Körper und aus den Haaren zu entfernen, was nur unzureichend gelang. Unter den Fingernägeln und an den Augenrändern blieben die schwarzen Spuren, die einen als Mitglied des Proletariats auswiesen. Auch Erscheinungsbild und Zustand meiner Kleidung stuften mich gesellschaftlich um einige Klassen zurück.

»Du siehst aus wie ein Schwein«, sagte meine Großmutter, »wäschst du dich nicht mehr?«

»Gründlicher denn je«, sagte ich.

»Und warum bist du dann nicht sauber?«

»Weil Professor Mayer sein Seminar über die Geschichte der Arbeiterliteratur auf dem Kohlenhof abhält, er legt Wert auf eine passende Umgebung. Seine Vorlesung über die großen Seefahrerromane hat er im städtischen Hallenbad gehalten.«

»Nicht nur du, auch deine Kleidung könnte eine gründliche Reinigung vertragen.«

»Ich weiß«, sagte ich. »Aber was soll ich in der Zwischenzeit anziehen? Ich besitze zwar einige Hemden, doch ansonsten nur diese eine Garnitur.«

»Morgen kaufst du dir einen Anzug und ein Paar Schuhe. Was kostet das?«

»Ungefähr achthundert Mark«, sagte ich.

Die Großmutter gab mir das Geld.

Eigentlich hatte ich mir vorgenommen, einen Secondhandladen aufzusuchen, die Plünnen für ein paar Mark zu kaufen und den Rest des Geldes auf mein Konto einzuzahlen. Aber dann dachte ich an die Einreise in die Vereinigten Staaten von Amerika. Da mußte ich einen tadellosen Eindruck machen, sonst würde mich der Immigrationofficer nicht ins Land lassen. Da kam es auf ein neues, blitzsauberes Hemd, auf scharfe Bügelfalten und glänzende Schuhe an. Ich mußte damit rechnen, daß der Beamte sich erhebt und nachsieht, ob meine Absätze abgetragen und schief sind. Also ging ich anderntags nach der Arbeit und dem Duschprogramm zu einem der führenden Herrenausstatter Hannovers. Jedesmal wenn ich aus der Umkleidekabine kam, um mich in einem Ganzkörperspiegel zu betrachten, sagte der Verkäufer: »Sitzt wie angegossen.«

Wenn die Hosen zehn Zentimeter zu lang oder zu kurz waren, sagte der Verkäufer: »Das trägt man jetzt so.«

Wenn ich fragte, warum der eine Flanellanzug doppelt soviel kostet wie der andere, obwohl, sieht man von den Knöpfen ab, kein Unterschied festzustellen sei, sagte der Verkäufer: »Ist doch eine ganz andere Verarbeitung.«

Ich hätte den Verkäufer am liebsten erwürgt und überlegte eine Beleidigung, in der die Vokabeln ›verkaufen‹ und ›für dumm verkaufen‹ vorkamen, aber mir fiel nichts Pointiertes ein. Diese Verkäufer tragen die Berufsbezeichnung Textilingenieur und sind die hirnlosesten Idioten der gesamten Branche. Ich hasse diese geschniegelten Typen mit dem IQ einer Rauhfasertapete. Die Laune war mir verdorben, ich suchte den nächsten Herrenausstatter auf, die niedersächsische Filiale eines europaweit operierenden britischen Unternehmens. Obwohl ich verboten aussah, öffnete mir der Geschäftsführer, ein etwa fünfzigjähriger Gentleman mit fein getrimmtem Schnurrbart, die Tür. Er redete mich mit ›Sir‹ an. Vielleicht sollte ich lieber nach England auswandern. Hatte ich einen Anzug angelegt, der mir gut gefiel, sagte er beispielsweise: »Darf ich Sie darauf aufmerksam machen, Sir, daß die Jacke auf dem Rücken eine Falte schlägt?«

»Oh, danke«, sagte ich, »das hätte ich gar nicht gemerkt.«

»Darum erlaubte ich mir, Sie darauf hinzuweisen. Hier habe ich etwas äußerst Exklusives, schottische Wolle, handgearbeitet.«

Ich ging in die Umkleidekabine, legte den leicht taillierten Anzug an, dunkelbraun mit ockergelber, karierter Weste, lederbezogene Knöpfe. Als ich aus der Kabine trat, rief der Geschäftsführer: »That's it!«

Ich stellte mich vor einen Spiegel, drehte mich zur Seite, dann zur anderen Seite, besichtigte mich, stellte fest, daß ich noch nie so gut ausgesehen hatte. Sodann suchte ich unter geschmackssicherer Beratung ein Hemd, eine dezente, doch keineswegs langweilige Krawatte und ein paar solide, gleichwohl elegante Schuhe aus.

»Ich lasse die Sachen gleich an«, sagte ich. »Ob Ihre Mitarbeiterin wohl so freundlich ist, die diversen Schildchen zu entfernen?«

Der Geschäftsführer ging zur Kasse und tippte die Preise in die Registrierkasse. Die Summe ergab achthundertdreiundvierzig Mark.

»Oh, Gott«, sagte ich, »ich habe nur 800 Mark dabei. Ich werde eine Anzahlung leisten und morgen nach Begleichung der Restschuld die Sachen abholen.«

»Nicht nötig«, erwiderte der Geschäftsführer, »guten Kunden gewähren wir gerne einen kleinen Rabatt.«

Ich gab ihm die achthundert Mark, bedankte mich und machte mich auf den Heimweg. Unterwegs ging ich in zwei Möbelhandlungen, um mich vor einen Spiegelschrank zu stellen, und war beeindruckt. Die schwarzen Fingernägel und Augenränder bildeten einen interessanten Kontrast zu den britischen Wirkereien. Ich ging die Treppe hoch zur Wohnung meiner Großmutter, öffnete leise die Wohnzimmertür. Die Großmutter lag auf dem Sofa und las *Die Memoiren der Josefine Mutzenbacher*. Ich räusperte mich, die Großmutter blickte hoch.

»Besser«, sagte sie. »Zum Abendessen gibt es Sauerbraten. Kennst du dieses Buch?«

Sie hielt es hoch.

»Ja«, sagte ich.

Sie lachte.

»Steht bestimmt nicht auf der Leseliste von deinem Professor Mayer.«

Nach dem Abendessen trank ich ein paar Flaschen Wein mit der Großmutter und ging früh zu Bett. Um fünf Uhr klingelte der Wecker. Als ich aus dem Bad in mein Zimmer kam, merkte ich, daß ich meine alte, verdreckte Kleidung in der Kabine des englischen Herrenausstatters vergessen hatte. Ich stellte den Wecker auf halb neun und legte mich wieder hin. Meine Arbeit beim Kohlenhof würde ich ein paar Stunden später antreten.

Der Geschäftsführer lächelte, als ich seinen Laden betrat, exakt so gekleidet, wie ich ihn gestern verlassen hatte.

»Ist etwas nicht Ordnung?« fragte er.

»Oh, nein«, sagte ich, »ich hatte nur versäumt, meine alte Arbeitskleidung mitzunehmen, und würde sie gerne abholen.«

»Das tut mir unendlich leid, Sir«, sagte der Geschäftsführer, der so ähnlich wie ich angezogen war, »wir waren der irrtümlichen

Meinung, Sie hätten keine Verwendung mehr für Ihre zurückgelassene Kleidung, und haben sie fortgegeben. Ich fürchte, sie wurde inzwischen verbrannt. Mehr als mein Bedauern und eine Entschuldigung kann ich Ihnen leider nicht anbieten.«

»Beides ist durchaus nicht nötig«, versicherte ich. »Meine Absicht war lediglich, die alten Sachen abzuholen, um Sie nicht weiter damit zu belasten und das Zeug dann in die Mülltonne meiner Großmutter zu stopfen.«

Der Geschäftsführer deutete eine Verbeugung an. Ich fuhr zum Kohlenhof, um zu kündigen und meinen Lohn abzuholen, von dem ich mir Arbeitskleidung hätte kaufen können – das ganze Geld ausgeben, um die Voraussetzung zu schaffen, Geld zu verdienen. Hatte ich mich bislang außerhalb des Kohlenhofs meiner schlechten Kleidung geschämt, so schämte ich mich jetzt im Kohlenhof meiner guten.

Nun hatte ich einen erstklassigen Anzug, aber keinen Job mehr. Beim Zeitungsstudium der Arbeitsangebote mußte ich stets den Anzug im Auge behalten. Tätigkeiten, bei denen der Homespun Schaden nehmen könnte, kamen nicht länger in Frage.

Was auch immer man tut, und wenn es nur kontemplative Schreibtischarbeit ist, selbst der beste Anzug leidet darunter, trägt sich allmählich ab, verschleißt, verkommt, wird ein Fall für karitative Kleidersammler, die sich die Bekämpfung des Elends in dieser Welt auf die Fahnen geschrieben haben. Ich mußte handeln, dachte ich mir, solange der Anzug noch gut war. Zeit auszuwandern, Zeit, nach New York zu ziehen.

4

Jeder kennt die Skyline von New York, auch wer noch nie dort war. Und jeder ist von ihr überwältigt. Nur ich war es nicht bei meiner Ankunft, weil ich sie nicht gesehen habe. Ich war vom Flughafen aus mit dem Bus und der Subway in die Stadt gefahren. Ein Taxi wäre zu teuer gewesen. Noch in Hannover hatte ich mir einen Reiseführer und einen Stadtplan gekauft und beschlossen, erst einmal im Hotel Chelsea zu wohnen. An der Station 23. Straße stieg ich aus, trug mein Handgepäck, bestehend aus einer Tasche und einer Einkaufstüte, zu dem Hotel und war erstaunt, unterwegs kein einziges Mal überfallen worden zu sein. Bereits die Lobby gefiel mir; man hatte nicht den Eindruck, ein Hotel, sondern eine heruntergekommene Irrenanstalt zu betreten. Die Wände waren mit bizarren Gemälden und Reliefs geschmückt, unter denen Sessel und Flohmarktsofas standen. Auf einem der Sofas saß eine platinblonde, furchtbar dürre Frau in einem roten Kleid. Sie trug Pantoffeln und eine gelbe Sonnenbrille.

»Hi«, sagte sie.

»Hi« erwiderte ich.

»Bist du Verleger?«

»Nein«, sagte ich, »ich bin Schriftsteller, das heißt ...«

»Oh, Schriftsteller«, rief sie, »wir müssen uns kennenlernen. Ich bin Schriftstellerin, habe gleich gesehen, daß du was von Literatur verstehst. Die Verleger haben ja keine Ahnung mehr, darum gibt es noch kein Buch von mir. Wann darf ich dir meine Gedichte zeigen? Ich heiße Judy.«

»Und ich bin Mike«, sagte ich. »Ich möchte erst schnell einchecken und mich ein wenig frisch machen, dann komm ich gleich wieder runter, okay?«

»Okay«, sagte sie, »ich warte hier.«

Ich nahm das preiswerteste verfügbare Zimmer (the least expensive room available). Es lag im sechsten Stock und hätte jeden Tierschutzverein der Welt auf den Plan gerufen, wenn man darin mehr als zehn Hühner gehalten hätte. Aber es hatte ein eigenes Badezimmer. Drehte man den Warmwasserhahn auf, kam kaltes Wasser heraus, drehte man den Kaltwasserhahn auf, kam gar nichts heraus. Ich putzte mir die Zähne, wusch Hände und Gesicht, kämmte die Haare und nahm den Aufzug ins Parterre. Ich drückte den entsprechenden Knopf. Der Aufzug fuhr in die achte Etage, wo niemand einstieg, dann drei Stockwerke nach unten, dann wieder ein wenig nach oben und schließlich ins Parterre, wobei er nur zweimal steckenblieb. Judy war verschwunden. Ich wußte jetzt, der Amerikaner ist unzuverlässig (*unreliable*).

An der Ecke Seventh Avenue war ein Deli, eines jener Lebensmittelgeschäfte, die Tag und Nacht geöffnet sind. Ich kaufte ein paar Sandwiches, eine Cola, Zigaretten und Bier für später. Nachdem ich in meinem Zimmer gegessen hatte, setzte ich mich in die Lobby. Ich fragte jeden vorbeikommenden Hotelgast: »In welcher Kneipe treffen sich New Yorks Literaten?«

Die meisten antworteten: »Lion's Head, Christopher Street, Seventh.«

Ich sah auf dem Stadtplan nach; war nicht weit, ungefähr siebzehn Straßenblocks.

Diesen und die folgenden Abende verbrachte ich im Lion's Head, dessen Wände mit den gerahmten Schutzumschlägen der Bücher einiger Stammgäste geschmückt waren. Hinterm Tresen stand meist Paul Schiffman, mit dem ich mich gut verstand und der sich bei den Gästen nach einem Zimmer für mich umhörte, da das Chelsea keine Dauerlösung war. Paul, ein ehemaliger Seemann, hatte in seiner Jugend alle Weltmeere durchkreuzt, mehrfach Kap Hoorn und das Kap der Guten Hoffnung umsegelt, war später in die Kriegsmarine eingetreten und in den Jahren 1945/46 in Hamburg stationiert gewesen, eine Zeit, die in seiner Erinnerung von Woche zu Woche schöner wurde und allmählich in einem Licht religiöser Verklärung erglänzte. Natürlich mochte er Deutsche, hegte überhaupt gegen keine Nationalität Vorurteile, nur gegen Japaner hatte er was. Die waren ihm zu knickerig. Einmal fragte ihn eine japanische Reisegruppe, die nur zwanzig Cent Trinkgeld hinterlassen hatte, ehe sie das Lokal verließ, wie man wohl zur Freiheitsstatue käme, und Paul antwortete: »Ihr habt alleine Pearl Harbor gefunden, dann werdet ihr auch alleine die Freiheitsstatue finden.«

Paul konnte sich nie entscheiden, ob er einen Bart tragen sollte oder nicht. Zwei Monate war er bärtig, zwei Monate war er glattrasiert. Ohne Bart sah er jünger aus, mit Bart interessanter, seemännischer.

Wir Deutschen lieben Stammplätze. Ich setzte mich auf meinen gewohnten Barhocker.

»Möchte mal wissen«, sagte Paul, »wie die Weltgeschichte verlaufen wäre, wenn es in Deutschland nie Bier gegeben hätte. Wahrscheinlich hättet ihr den Krieg gewonnen.«

»Dann sei mal froh, daß es in Deutschland schon immer genug Bier gab«, sagte ich.

»Ich bin nur froh, daß es Whiskey gibt«, sagte Paul.

»Ich spendier einen«, sagte ich. »Schenk dir 'nen Doppelstöckigen ins Glas.«

»Ich frage mich, wo er bleibt«, sagte Paul.

»Wer?«

»Howard natürlich, der Mann, der dir sein Zimmer vermieten möchte. Hab ich dir doch gestern erzählt.«

»Hast du nicht.«

»Will nach Indien reisen, um bei einem Guru was vom Sinn des Lebens zu erfahren; meint, drei Monate genügen für eine brauchbare Erleuchtung. Du kannst ihn um ein Drittel runterhandeln, wenn du alles im voraus bezahlst.«

Ich wartete und trank Bier und ärgerte mich, weil jemand an der Jukebox stand, einen Quarter nach dem anderen reinwarf und immer wieder denselben Schlager der Beach Boys abjaulen ließ. Jedes vierte Bier war on the house, nach jedem zweiten Bier on the house lud ich Paul zu einem Whiskey ein. Kurz nach Mitternacht fragte ich: »Meinst du, daß er heute noch kommt?«

»Wer?«

»Der Mann mit dem Zimmer.«

»Er steht seit einer Stunde hinter dir. Der Typ an der Jukebox ... *Hey, Howard, meet my friend Mike.*«

Howard schüttelte mir die Hand.

»Hi Mike, nice to meet you.«

Er war nicht nach der neuesten Mode gekleidet, sein Outfit erinnerte eher an meine versehentlich dem Feuer überantwortete Kleidung vom Kohlenhof. Offenbar liebte er es auch nicht, Geld für Friseure oder Rasierklingen zu verschwenden. Er sah aus wie eine Mischung aus Wild Bill Hickok und Rasputin.

»Ich bin vierzig Jahre alt«, sagte Howard, »und habe keine Zähne mehr.«

»Du hast doch Zähne.«

»Aber keine echten. Das ist ein Gebiß, hat mir meine Mutter zum Geburtstag geschenkt.«

»Hattest du ein Drogenproblem?«

»Nein«, versicherte Howard. »Sind einfach ausgefallen. Die Schöpfung ist nicht vollkommen, das hat sogar unser Father

Anthony in Wisconsin zugegeben. Hatte übrigens deutsche Vorfahren, genau wie du.«

»Ich *bin* Deutscher.«

»Nun, dann hast du wohl auch deutsche Vorfahren, oder?«

»Darf ich dich zu einem Bier einladen?« fragte ich.

»Cola bitte«, sagte Howard, »ich trinke keinen Alkohol; nicht aus Gesundheitsgründen oder wegen religiöser Scheiße, sondern um unabhängig zu bleiben. In vielen Gegenden der Welt ist Alkohol verboten oder kostet ein Vermögen. Ich reise gerne, bin dauernd unterwegs, und da kann ich es mir nicht leisten, irgendwelchem Zeugs verfallen zu sein.«

»Und jetzt möchtest du nach Indien und suchst jemanden, der während deiner Abwesenheit deine Wohnung mietet.«

»Indien?« sagte Howard. »Was soll ich in Indien? Du kannst die Wohnung übernehmen, der Hauswirtin werde ich sagen, daß ich die Bude anstecke, wenn sie die Miete nur um einen Penny erhöht. Ich habe meinen alten Planwagen auf Vordermann gebracht, neue Räder, neue Bespannung, alles tipptopp, steht in einer Scheune upstate New York. Nun werde ich meinen Chevy davorspannen, für die nächsten Jahre durch die Lande ziehen und den Leuten vom wahren Wert des Lebens erzählen, nicht predigen, sondern erzählen, verstehst du? Dann werde ich ein Buch über den Trip schreiben.«

»Klingt gut«, sagte ich. »Nicht das Bankkonto mit Geld, sondern das Lebenskonto mit Inhalt füllen.«

»Na ja, so ähnlich. Ich hab das schon einmal gemacht, ein halbes Jahr lang. Damals war der Planwagen allerdings noch nicht so schön hergerichtet und möbliert wie jetzt. Ich bin einfach losgefahren, immer weiter nach Westen.«

»Bist du bis zur Westküste gekommen?« fragte ich.

»Ja«, sagte Howard. »Und kurz vor dem Ziel habe ich meine Freundin kennengelernt. Da stand nämlich mitten in der Landschaft ein Mädchen. Ich hielt an und ging zu ihr. ›Was ist los?‹ fragte ich. – ›Nichts‹, sagte sie. ›Laß mich bitte in Ruhe. Ich habe beschlossen, mir das Leben zu nehmen, und möchte in meiner letzten Stunde alleine sein.‹ – ›Soso‹, sagte ich, ›das Leben nehmen, wie?‹ – ›Ja‹, sagte sie, ›was geht dich das an? Und jetzt verpiss dich.‹ – Da wurde ich wütend. ›Du blöde Gans!‹ brüllte ich, ›du dämliche Pute, weißt du überhaupt, wie schön die Welt ist? Bist du jemals am Ozean gewesen?‹ Sie schüttelte den Kopf, und ich packte sie am Arm und zerrte sie in mein Auto. Pünktlich zum Sonnenuntergang kamen wir am Pazifik an, das war gutes Timing, Mann. Wir gingen zum Strand runter, standen da und sahen zu, wie die Sonne hinter den Horizont rutschte. ›Hast du schon mal so was Schönes gesehen?‹ fragte ich. Sie schüttelte wieder den Kopf, und dann sind wir zusammen nach New York gefahren.«

Ich bestellte bei Paul noch eine Cola und ein Bier.

»Und jetzt fahrt ihr wieder zurück«, sagte ich.

»Nein«, sagte Howard, »eines Abends kam ich nach Hause in die Wohnung, die du vielleicht mieten wirst – oh, eh ich's vergesse, laß mich die Adresse für dich aufschreiben.«

Er kramte einen Kugelschreiber und einen Einkaufszettel aus seiner Jackentasche und notierte die Adresse.

»Danke«, sagte ich, »morgen gegen zwei Uhr?«

»Okay. Ich muß jetzt gehen.«

»Wie ging die Geschichte mit deiner Freundin zu Ende?«

»Was? Ach so. Ich kam also nach Hause, und da lag sie auf dem Bett und hatte sich die Pulsadern aufgeschnitten.«

In der Lobby vom Chelsea saß wieder die Lyrikerin mit der gelben Sonnenbrille.

»Hi«, sagte sie, »bist du Verleger?«

Hätte ich nach dieser Geschichte über Howard und seine Freundin schlecht schlafen müssen? Bin ich grausam und gefühlskalt, weil mich sein Vorhaben mit dem Planwagen mehr beschäftigte als die tragische Erzählung? Man muß seine Existenz formen wie ein Buch, muß ordentlich was erleben, dann braucht man seine Vergangenheit sozusagen nur noch abzuschreiben. In anderen Worten, es gilt nicht, die Phantasie literarisch zu entwickeln, sondern der Gestaltung der eigenen Biografie sich zuzuwenden. Gute Romanstoffe erwachsen einem ereignisreichen, abenteuerlichen Leben. Gleichwohl lagerte ich Howards Geschichte in meinem Gedächtnis ab – zur eventuellen Verwendung in einem Roman.

Ja, ich fing sogar in dieser Nacht im Chelsea einen neuen Roman an, während im Nebenzimmer links der Fernseher lief, im Nebenzimmer rechts jemand Saxophon übte, auf den Fluren Hunde bellten und Flaschen und Gläser zerschellten. Hatte ich richtig gezählt, handelte es sich um meinen zwölften ersten Roman. Alle bisherigen Versuche hatte ich nach zwanzig oder fünfundzwanzig Seiten abgebrochen, nicht weil ich mit dem Ergebnis meiner Bemühungen unzufrieden, sondern weil die Story plötzlich zu Ende war oder weil ich dem Stoff plötzlich nichts mehr abgewinnen konnte oder weil ich einen besseren Einfall hatte, ein Thema, das nach Gestaltung schrie. Aller Anfang ist schwer, sagt der Volksmund. Für das Verfassen von Romanen trifft das nicht zu. Da ist aller Anfang leicht, schwer wird es erst nach dem ersten Kapitel und wenn dieses sehr lang ist, bereits während des ersten Kapitels. Einmal hatte ich es sogar auf über dreißig Seiten gebracht. Das war die Science-fiction-Geschichte, die mir so wirr geraten war, daß ich bald nicht mehr wußte, wer die bösen Angreifer und wer die guten Verteidiger waren; die Bewohner der Wega waren nämlich imstande, nach Belieben und blitzschnell das Aussehen von Menschen anzunehmen, eine Fähigkeit, von der sie so ausgiebig Gebrauch machten, daß sofort ein Chaos herrschte, das selbst der Autor nicht mehr zu durchblicken vermochte. Das Manuskript ruht zwischen seinesgleichen in einer kleinen Truhe, die mich auf allen Umzügen begleitet. Sollte es mir nicht gelingen, diese angefangenen, aber keineswegs aufgegebenen Projekte zu vollenden, werden sie nach meinem Ableben in dem Band *Nachgelassene und verstreute Schriften* erscheinen.

Die Wohnung von Howard lag in der Lower Eastside, doch immerhin im nördlichen Bezirk dieses Stadtteils, der vornehm in East Village umgetauft worden war, was die Quartiere nicht besser machte. Über vier schiefe, knarrende Treppen ging es zu den beiden Kammern mit Dusche und Kochnische hoch. Wider Erwarten herrschte tadellose Ordnung, da Howard nichts besaß, womit er Durcheinander hätte schaffen können. In dem einen Zimmerchen war eine bezogene Matratze, in dem anderen ein Tisch mit zwei Stühlen, das Duschbad war mit einem Stück Seife und einem Handtuch ausgestattet, die Küche mit Herd, Kühlschrank und einer Tüte voll Plastikbesteck.

»Die Ferien«, sagte Howard, »habe ich immer bei meiner Tante in Green Bay, Wisconsin, verbracht. Sie hatte eine Drei-Zimmer-Wohnung. Eines dieser Zimmer war ständig zugesperrt, man durfte, man konnte es nicht betreten, wie bei Ritter Blaubart. Das Schlüsselloch war von innen mit Isolierband verklebt, schwarze Vorhänge schützten die Fenster vor neugierigen Blicken. Meine Eltern, meine Geschwister, die ganze Familie zerbrach sich den Kopf, was in diesem Zimmer versteckt sein könnte. War die herzensgute Tante am Ende eine Massenmörderin, die ihre Liebhaber meuchelte und die Gerippe im dritten Zimmer stapelte? Aber in der Gegend von Green Bay war noch nie jemand spurlos verschwunden. ›Vielleicht beantwortet sie Heiratsannoncen und läßt ihre Opfer aus Florida und Kalifornien kommen‹, sagte ich. – ›Höchst unwahrscheinlich‹, sagte mein Vater, ›da steckt was anderes dahinter.‹ – Jedenfalls, die Tante starb, wir fuhren nach Green Bay, um sie angemessen unter die Erde zu bringen und ihre Wohnung aufzulösen. Keiner sprach davon unterwegs, doch dachten wir alle nur an das dritte Zimmer. Mein Vater hatte ein Stück Draht eingesteckt, aus dem er einen Dietrich formte. Er benötigte nur wenige Sekunden, um die Tür zu öffnen. Papa war handwerklich unglaublich begabt, wir brauchten nie die Dienste eines Elektrikers, Klempners, Schlossers oder Tischlers in Anspruch zu nehmen. Sogar den Schornstein hat er selber gefegt. Also, die Tür war geöffnet, und was bot sich unseren Blicken dar? Entschuldige, ich hab dir nichts zu trinken angeboten. Eine Cola, ein Glas Wasser?«

»Vielen Dank, ich bin nicht durstig«, sagte ich, obwohl ich gerne etwas getrunken hätte. Ich wollte endlich wissen, was in dem Zimmer der verstorbenen Tante war.

»Und was bot sich unseren Blicken dar?« wiederholte Howard. »Du wirst es nicht glauben – das Zimmer war zu zwei Dritteln mit zerbrochenem Geschirr angefüllt.«

»Ach«, sagte ich.

»Wir gingen in das einzige Haushaltswarengeschäft am Ort und fragten vorsichtig nach. ›Ihre Tante‹, sagte der Inhaber, ›hat jede Woche vierzehn Teller und sieben Tassen gekauft. Selbstverständlich haben wir ihr einen großzügigen Rabatt gewährt.‹ – ›Was sollte das?‹ wollte Mutter wissen. – ›Nun‹, erklärte der Inhaber, ›unsere beste Kundin spülte nicht gerne ab. Um ihre Eigenart vor den Nachbarn geheimzuhalten, warf sie das verschmutzte Geschirr nicht in die Mülltonne, sondern in jenes Zimmer.‹ «

»Eine erstaunliche Geschichte«, sagte ich, »eine erstaunliche Frau.«

»Ich spüle auch nicht gerne ab«, sagte Howard, »darum esse ich von Papptellern und benutze Plastikbesteck. Muß wohl in der Familie liegen, ein Fall für die Genforschung.«

In diesem Moment läutete es. Da es so unglaubwürdig klingt, daß es immer erst dann läutet, wenn gerade ein Gespräch oder

Monolog zu Ende ist, schreibe ich lieber: Während Howards Bericht über die spülbürstenfeindliche Tante hatte es mehrmals an der Wohnungstür geklingelt. Er öffnete – die Hauswirtin.

Unter einer Hauswirtin zweier Kammern in der Lower Eastside stellt man sich eine in die Jahre gekommene Vettel mit fettigen Haaren vor. Die Frau, die die Wohnung betrat, entsprach genau dieser Vorstellung. Sie kam rein, ließ sich auf Howards Stuhl fallen, zog mit dem rechten Zeh den linken Pantoffel aus, mit dem linken den rechten und verlangte nach einer Zigarette. Ich bot ihr eine Marlboro an. Sie brach den Filter ab und warf ihn zu Boden, holte ein Heftchen Streichhölzer aus ihrer Schürzentasche, steckte die Zigarette an, inhalierte und bekam einen Hustenanfall. Sie spuckte aus, zog den rechten Pantoffel wieder an und verrieb den Auswurf auf den Dielen.

»Howard, hast du heute die Zeitung gelesen?« fragte sie. »Die Schweine in Washington wollen doch tatsächlich schon wieder die Steuer auf Alkohol anheben.«

»Ist mir scheißegal«, sagte Howard, »ich trinke keinen Alkohol. Das ist übrigens Mike, mein Nachmieter.«

»Auch Künstler?« fragte sie Howard.

»Natürlich«, sagte Howard.

»Das ist gut«, sagte die Hauswirtin, »ich hab stets ein Herz für Künstler gehabt. Aber er soll nicht auf die Idee kommen, die Miete mit Bildern bezahlen zu wollen.«

»Er malt nicht, er schreibt«, sagte Howard.

»Hoffentlich nicht so'nen Saukram, wie er heutzutage überall ausliegt.«

»Keine Sorge«, beruhigte Howard, »sein letztes Buch handelt von einer Gräfin, die ins Kloster geht und als Jungfrau stirbt.«

»Klingt ziemlich langweilig«, sagte die Hauswirtin. »Er kann mir's ja mal leihen.«

»Er schreibt auf deutsch. Kannst du Deutsch?«

»Die meisten Deutschen sind Nazis«, sagte sie, »hoffentlich ist er kein Nazi. Na, immer noch besser als Kommunist. Geht mich sowieso nichts an … Hauptsache, er zahlt seine Miete pünktlich. Sag ihm, wo ich wohne. Jeden Ersten in bar. Hab kein Konto. In den Banken sitzen nur Schweine – Verbrecher und Schweine, wie in Washington. Gib mir noch eine Zigarette für'n Weg.«

Sie schlüpfte in die Pantoffeln und ging.

»Mach dir nichts draus«, sagte Howard, »sie ist in Ordnung. Rauhe Schale, weicher Kern. Hat sogar die Miete um fünfzehn Dollar gesenkt, weil ich ihr erzählt habe, daß du die Zimmer neu streichen wirst.«

»Hoffentlich verlangt sie keine Kaution«, sagte ich.

»Sie weiß nicht einmal, was das ist«, sagte Howard. »Übermorgen kannst du einziehen, wenn du willst. Die Möbel bleiben hier, die Schlüssel lege ich in den Briefkasten.«

»Und der Briefkastenschlüssel?«

»Nicht nötig, der Briefkasten hat keine Tür.«

Ich kaufte ein Spannlaken, eine Bettdecke, einen Bettdeckenbezug, ein Kopfkissen, einen Kopfkissenbezug. Ersatzgarnituren sind in New York nicht vonnöten, da es an jeder Ecke eine Wäscherei gibt, in denen wieselflinke Chinesen binnen Stundenfrist für ein Spottgeld wahre Gebirge verschmutzter Textilien reinigen, trocknen und plätten. Anschließend kaufte ich zwei Teller, zwei Tassen, zwei Gabeln, zwei Messer und zwei Löffel. Ein Bild hätte ich gerne noch gehabt, wenigstens ein gerahmtes Poster, Marilyn Monroe von Warhol oder so was, doch das Gebot der Stunde lautete: finanzielle Zurückhaltung. Mein Geld ging allmählich zur Neige. Aus Sparsamkeit war ich schon geraume Zeit nicht mehr im Lion's Head gewesen. Ich brauchte einen Job oder mußte jemanden kennenlernen, dem es auf ein paar Dollar nicht ankam und der an mich glaubte.

Sie war eine wohlhabende Rezensentin und Kulturphilosophin aus Kalifornien, in Geschäften in New York unterwegs. Ganz entfernt glich sie Elke, flachsblonde, glatte Haare, blasse Lippen; eine humorvolle, lebenslustige Elke allerdings. Wir lernten uns im Lion's Head kennen, wo ich mir endlich mal wieder ein paar Glas Bier gönnte. Mit ihrem Agenten trank sie Cocktails und mehrere Gläser einer Spätlese aus dem Napa Valley. In Amerika hat jeder einen Agenten, ja, es gibt sogar Agenturen für Agenten. Wenn mein erster Roman steht, werde auch ich mich in die Obhut eines Agenten begeben; das sind abgefeimte Typen, die, im Gegensatz zu mir, Kurse im Fach Verhandlungsgeschick belegt haben und es verstehen, mit Charme und Härte maximale Vorschüsse für ihre Klienten rauszuschinden.

Ich tauschte mit der Rezensentin intensive Blicke und setzte mich neben sie an die Bar, nachdem der Agent ihr die Wange gestreichelt und den Heimweg angetreten hatte. Schlief sie mit diesem geschniegelten Kerl? Noch kein Wort hatte ich mit der Frau gewechselt, und schon war ich eifersüchtig – ein gutes Zeichen. Wir verstanden uns ausgezeichnet. Jedesmal, wenn Paul mir ein Bier hinstellte, zwinkerte er mir zu.

Sie hieß Melanie und konnte fließend Deutsch. Ihre Eltern waren aus purer Langerweile ausgewandert, hatten in Los Angeles erst eine Gemüse-, dann eine Buchhandlung und zuletzt ein Hofbräuhaus eröffnet. Melanie war in den Vereinigten Staaten zur Welt gekommen und hatte eine glückliche Kindheit zwischen Orangenkisten, Büchern und Bierpfützen verbracht. Das überdurchschnittlich begabte Mädchen brachte die erfreulichsten Zensuren nach Hause, erhielt ein Stipendium der angesehenen Universität Berkeley, legte ein glanzvolles Examen im Fach vergleichende Literaturwissenschaft ab und verfaßte eine Doktorarbeit über das Thema ›Fische und Fischrezepte im Werk von Herman Melville und Joseph Conrad‹, die mit summa cum laude beurteilt wurde. Danach war sie mehrere Monate Erntehelferin in Nicaragua, um schließlich freischaffende Mitarbeiterin der Literaturbeilagen führender amerikanischer Tageszeitungen zu werden. Ihr erster Roman war nur aus Zeitmangel noch nicht fertig.

»Es ist ein furchtbares Klischee«, sagte ich, »aber ich weiß nicht, wie ich es anders ausdrücken soll.«

Wenn einem nichts Besseres als ein Allgemeinplatz einfällt, soll man diesen als solchen ankündigen, dann klingt es vorteilhafter.

»Nur zu«, sagte Melanie.

»Ich habe das Gefühl, als würden wir uns schon ewig kennen.«

»Mir geht es genauso.«

Wir lächelten uns lieb und melancholisch an. Paul stellte uns einen Wein und ein Bier auf Kosten des Hauses hin. Ist man verliebt, wächst die Bereitschaft, anwesende Bekannte zu intimen Freunden zu erklären.

»Melanie«, sagte ich, »darf ich dir Paul vorstellen? Er ist der wunderbarste Einwohner New Yorks. Doch, ich meine es ernst. Wir sind wie Pech und Schwefel, lassen einander nicht im Stich, wenn's drauf ankommt, stimmt's Paul?«

»Du gehst jetzt besser nach Hause«, sagte Melanie.

»Warum denn?«

»Wir treffen uns morgen wieder. Hier um neun Uhr abends.«

Ich habe meine Wohnung nicht aufgelöst, ich habe den Annonceteil der *Village Voice* durchgeblättert und binnen eines Tages einen Untermieter gefunden. Da ich es eilig hatte, durfte ich nicht wählerisch sein. Ich war gezwungen, den ersten Interessenten zu akzeptieren. Das war ein verschlagen dreinblickender Inder, angeblich alleinstehend, angeblich Taxifahrer von Beruf.

»Ich wohne gegenwärtig im hintersten Brooklyn«, sagte er, »hin und zurück sind das jeden Tag über drei Stunden Fahrt, in denen ich nichts verdiene. Die Mieten in Brooklyn sind zwar bedeutend niedriger als in Manhattan, aber ich kann eine höhere Miete wettmachen, wenn ich …«

»Zwei Monatsmieten im voraus«, unterbrach ich ihn, »und zwei Monatsmieten Kaution.«

»Unmöglich«, sagte er, »ich kann keine Kaution hinterlegen, bin nur ein armer Taxifahrer. Wenn Sie wüßten, wie wenig man heutzutage …«

»Meinetwegen«, sagte ich, »dann die beiden Mieten. An jedem Monatsletzten verlängert sich unser Vertrag automatisch, falls nicht einer von uns gekündigt hat.«

»Okay«, sagte der Inder und zog ein Scheckheft aus der Hosentasche.

»Bargeld bitte«, sagte ich.

»Warum kein Scheck?« fragte er.

»Weil ich von Ausländern nur Bargeld nehme«, sagte ich. »Die Banken haben noch geöffnet.«

»Bin gleich wieder zurück«, sagte er und verschwand.

Ich holte meine Reisetasche hervor und fing zu packen an. Viel mußte ich nicht mitnehmen, nicht einmal meinen Wintermantel oder den Rollkragenpullover, da, nach allem, was ich gehört hatte, in Kalifornien das ganze Jahr über ein angenehm warmes Klima herrscht. Die üblichen Textilien, Wasch- und Rasierzeug, ein paar Bücher, die japanische Spiegelreflexkamera, das sollte genügen. Den Mantel und die restlichen Bücher verstaute ich in einem Koffer. Ich war gerade fertig, als der Inder wiederkam. Er reichte mir ein Bündel Dollarnoten, ich zählte dreimal nach und gab ihm meine Zweitschlüssel.

»Ein Freund von mir hat ebenfalls einen Satz Schlüssel«, log ich. »Er heißt Harry, ist Anwalt von Beruf und wird ab und zu unangemeldet vorbeischauen und kontrollieren, ob alles in Ordnung ist.«

»Nicht nötig«, beteuerte der Inder. »Wann kann ich einziehen?«

»Morgen«, sagte ich. »Und jetzt gehen wir zusammen nach unten, um für mich Ihre Taxilizenz zu fotokopieren – auf meine Kosten.«

»Wozu ist das nötig?« fragte er.

»Damit ich Sie jederzeit aufspüren und anzeigen kann«, sagte ich.

»Wie Sie wollen, Mister.«

»Vorher helfen Sie mir bitte, diese Kiste und den Koffer runterzutragen. Dann können Sie gleich fünf Dollar von Ihrem Geld zurückbekommen.«

»Das mache ich umsonst für Sie, Mister«, sagte er.

»Selbstverständlich«, sagte ich, »aber Sie fahren mich nicht umsonst in den südlichen Teil des East Village, wo wir die Stücke bei meinem Freund Harry unterstellen werden.«

»Harry, der Rechtsanwalt?«

»Nein, Harry, der Maler.«

Er war mein Nachbar im Chelsea gewesen und stand eines Nachts in meiner Tür, da er die Zimmer verwechselt hatte. Wir tranken ein paar Flaschen Rotwein und unterhielten uns bis in die frühen Morgenstunden, erzählten, wie uns das Leben bislang behandelt hatte. Ursprünglich war es Harrys Wunsch gewesen, Musiker zu werden. Sobald er ein wenig Geld übrig hatte, kaufte er sich heute noch eine Eintrittskarte für die Met, wobei es ihm ziemlich egal war, was gegeben wurde. Es durfte nur nicht *Cavalleria rusticana* sein.

»Meine Eltern hatten ein Opernabonnement, und wir gingen jeden zweiten und vierten Samstag im Monat in die Oper. Und was glaubst du? Seit ich denken kann, gab es immer *Cavalleria rusticana*. Der Vorteil war, abgesehen davon, daß das Werk nur fünfzig Minuten dauert – bei sehr alten Dirigenten ein wenig länger –, daß man zu Hause nie im Opernführer nachschlagen mußte, um sich durch die Handlung zu wühlen, auch benötigten wir kein Programmheft mehr, und wenn mal ein Sänger oder eine Sängerin wegen Krankheit oder Alkoholmißbrauchs ausgefallen war, saß immer jemand im Publikum, der von seinem Platz aus den Part übernehmen konnte.«

Melanie litt unter Flugangst, wir fuhren mit ihrem Chrysler an die Westküste. Unterwegs überlegte ich, wie die Leute damals diese Irrsinnsstrecke in ihren Planwagen geschafft haben. Kein Wunder, daß die meisten nicht mal bis Ohio kamen und vor Erschöpfung krepierten. Es gab noch keine Motels, sie mußten zwischen ihren Habseligkeiten, ihren Kindern und Dauerwürsten übernachten. Oftmals wurden sie von Schneestürmen heimgesucht und von Bären, Bisons und Indianern überfallen. Müde und abgespannt beendeten sie zuweilen ihre Reise in einer äußerst unwirtlichen Gegend, blieben einfach, wo sie waren, errichteten eine Hütte und versuchten, den steinigen Boden urbar zu machen. Nachzügler kamen vorbei, dachten, wenn sich hier jemand niedergelassen hat, kann es so schlecht ja nicht sein. Sie blieben ebenfalls, übernachteten ein, zwei Wochen in der gastfreundschaftlichen Hütte, bis ihre eigene fertig war, pflanzten auch etwas an und fragten sich bald, ob es in diesem Riesenland nicht ein Fleckchen mit etwas fruchtbarerer Scholle gegeben hätte. Jahre später erkundigen sich die zuletzt angekommenen Siedler bei ihren Nachbarn, warum ihre Wahl auf diesen karstigen Landstrich gefallen sei, und die Nachbarn meinten, weil hier andere Siedler ihre Zelte aufgeschlagen hatten, und man macht die erste Familie ausfindig, die einräumt, damals einfach keine Lust mehr zur Weiterreise gehabt zu haben. Diese Begründung versetzt das Holzhüttendorf in helle Aufregung. ›Das ist ja wohl das Letzte!‹ rufen die Siedler wutentbrannt. Sofort packen sie ihre Siebensachen zusammen, um erneut aufzubrechen. Leider dienen die Planwagen längst als Hühnerställe. Die Hühner werden kurzerhand geschlachtet und dienen als Reiseproviant. Man spricht die bewährten Gebete und zieht weiter gen Sonnenuntergang. So wurde der Westen besiedelt.

Wir hatten es besser, hervorragende Straßen, ein bequemes Auto, hübsche, ruhige Motels. Aber die Landschaften des Mittelwestens waren inzwischen nicht amüsanter geworden. Es galt, endlose, stumpfsinnige Strecken zu durchmessen. Eine ungerechte Feststellung, denn an Melanies Seite war es auch da schön, wo es nicht schön war. Das Ziel entlohnte für die erlittenen Strapazen, Melanie besaß eine geräumige Villa in Big Sur an der Pazifikküste in der Nähe der ehemaligen Wohnstätte von Henry Miller.

»Ein wunderschönes Haus«, lobte ich aufrichtig.

»Der Architekt ist der Bruder eines Schülers von Frank Lloyd Wright«, sagte Melanie.

»Es geht mich ja nichts an«, sagte ich, »aber mir ist rätselhaft, wie man mit Rezensionen genügend Geld scheffeln kann, um einen solchen Palast zu erwerben.«

Melanie lachte.

»Von den Zeitungshonoraren kann ich nicht mal meine Putzfrau bezahlen«, sagte sie. »Meine Piepen verdiene ich mit einem Andenkenladen in Monterey. Liegt gut dreißig Meilen nördlich.«

»John Steinbeck«, sagte ich, »*Tortilla Flat* und *Straße der Ölsardinen*.«

»Da ist beinahe nichts mehr von übrig«, sagte Melanie. »Ein Jammer. Alle vier, fünf Wochen erwähnt mal ein Tourist den Namen Steinbeck, die anderen haben noch nie von ihm gehört. Ist nicht mehr in, hierzulande läuft alles nach dem McDonald's-Prinzip. Der Laden ernährt mich jedenfalls und ist weniger anstrengend als der Job, den ich vorher hatte. Da war ich Gesellschafterin.«

»Wie bitte?«

»Ein besseres Wort für Altenpflegerin. Ich betreute eine bettlägerige Millionärin. Kochte für sie, hielt die Wohnung sauber, leerte ihren Nachttopf aus und las ihr manchmal etwas vor.«

»Was hast du ihr vorgelesen?«

»Meistens stinklangweilige Suren aus dem Koran. Die alte Dame hatte sich in den sechziger Jahren in Muhammad Ali verliebt und war dem Islam beigetreten.«

Melanie war eine überzeugte Anhängerin getrennter Schlafstätten, weswegen ich mein eigenes Zimmer hatte. Es lag im ersten Stock und war so karg eingerichtet wie die übrigen Räume. Über das Bett war ein Quilt gebreitet, an der Wand hing die Reproduktion eines Gemäldes von Mondrian. Auch ich hatte immer getrennte Schlafzimmer vorgezogen. Erstens lese ich, bevor ich mir die Decke über die Ohren ziehe, gerne noch ein wenig und möchte niemanden durch die brennende Nachttischlampe stören; zweitens bietet niemand nach dem Aufwachen einen schönen Anblick, das gilt für Männer wie für Frauen, vor allem aber für Männer, da diese auch noch unrasiert sind, außer im Film. Der Schlaf, sagt der Dichter, ist der Bruder des Todes. Wenn unser optischer Zustand nach dem Aufwachen ein Hinweis auf das Jenseits ist, dann gute Nacht. Drittens ist im Krankheitsfall ein gemeinsames Bett wegen der Ansteckungsgefahr nicht zu empfehlen, und viertens schnarche ich.

In Melanies Boutique wurden T-Shirts mit maritimen Motiven feilgeboten, auch Aschenbecher, Tassen, Anstecknadeln, Autoaufkleber, Schneehäuschen, aus Muscheln zusammengesetzte Bilderrahmen, Kerzenhalter in Form eines Leuchtturms, in Porzellanmöwen eingefaßte Uhren und vieles mehr. Das Geschäft war fast immer voll, die Kundschaft kaufte wie verrückt, und Melanie wurde nervös, wenn sie mal eine Minute lang kein Geld einnahm.

»Wird nicht furchtbar viel geklaut?« fragte ich sie.

»Leider«, sagte sie.

»Wie wäre es, wenn du mich als Ladendetektiv anstellen würdest?« schlug ich vor.

»Keine schlechte Idee«, sagte sie. »Hast du eine Gehaltsvorstellung?«

»Nichts«, sagte ich. »Immerhin wohne ich umsonst bei dir, dann kann ich doch wenigstens ...«

»Und wann willst du deinen Roman schreiben?«

»Nachts«, sagte ich.

»In Ordnung, kannst gleich anfangen.«

Mein Anerbieten war nicht uneigennützig; ich hatte wenig Lust, die Tage alleine in der Villa zu verbringen, zumal ich erst dabei war, die Stoffsammlung für das Buch zu erstellen. Ich kannte Melanie viel zu kurz, wir verstanden uns viel zu gut, als daß ich einen Roman aus unserer Beziehung hätte machen können. Der Geschichte mußte noch eine konfliktgeladene Struktur verliehen werden.

Ich übertreibe nicht, wenn ich behaupte, der freundlichste Ladendetektiv Amerikas gewesen zu sein. Hatte ich einen Dieb ertappt, näherte ich mich ihm und sagte mit leiser, sanfter Stimme: »Excuse me, wenn ich störe. Hätten Sie bitte die Güte, den Schlüsselanhänger (Kaffeelöffel, Topflappen, Briefbeschwerer) aus Ihrer Hosentasche zu entfernen, in einen Fünfzig-Dollar-Schein zu wickeln und mir unauffällig zu überantworten, aber nur, wenn Sie nicht wünschen, daß ich die Polizei verständige und Sie verhaften lasse.«

Es klappte so gut wie immer. Nur einmal weigerte sich ein Kunde, ein an beiden Armen über und über tätowierter Kraftmensch, tat empört, schnaubte.

»Melanie«, rief ich, »Bullen anrufen!«

Sie nahm den Telefonhörer ab.

»Moment«, sagte der Dieb.

»Moment«, rief ich durch den Laden.

Melanie hängte nicht ein, behielt den Hörer in der Hand, was ein raffinierter Schachzug war.

»Also gut«, sagte das Muskelpaket, »ich hab' aber nur zwanzig Dollar dabei.«

»Melanie, kannst Sergeant O'Brien anrufen, soll seine Handschellen nicht vergessen.«

»Nicht so schnell«, bat der Kriminelle, »eventuell hab' ich doch ..., muß mal nachsehen.«

Irgendwie hat diese Begebenheit wie ein Katalysator auf die Konsumlust der anwesenden Kundschaft gewirkt; die Leute kauften wie noch nie. Wir überlegten ernsthaft, ob wir solche Zwischenfälle nicht gelegentlich inszenieren sollten.

Montag war Ruhetag. Am Montag machten sämtliche Geschäfte der USA, das war statistisch nachgewiesen, die geringsten Umsätze, auch hatten die Kunstgalerien geschlossen, so daß Melanies Ruhetagwahl ihre Boutique kulturell aufwertete. Einmal in der Woche hatten wir viel Zeit für uns. Melanie schrieb eine Rezension, ich war mit den ersten Entwürfen zu meinem Roman beschäftigt. Der größte Raum des Hauses war unser gemeinsames Arbeitszimmer. Wir gingen abwechselnd Kaffee kochen, Melanie stand auf und sah nach, ob Post eingetroffen war, ich stand auf, weil ich vergessen hatte, mein Bett zu machen, Melanie stand auf und goß die Blumen, ich stand auf, ging ins Bad und stutzte meinen Schnurrbart, Melanie stand auf und brachte die Kaffeetassen in die Küche, zwischendurch lasen wir uns vor, was wir geschrieben hatten, und waren für kritische Anmerkungen aufgeschlossen. Wenn uns der Sinn nach Abwechslung stand, machten wir einen Spaziergang am Meer oder fuhren nach San

Francisco, betrachteten die Auslagen in den Schaufenstern, schlenderten durch Chinatown, gingen ins Kino oder Theater; die Wahl überließ ich meist Melanie, außer wenn es einen Film mit Randolph Scott gab. Danach freuten wir uns wieder auf unser schönes, aber ungemütliches Zuhause. Weil wir emanzipiert waren und es dem Geist der Zeit entsprach, bereitete ich meistens das Dinner zu. Wenn die Suppe mal versalzen war, lachten wir. Streit gab es nie.

Ich lebte in Ruhe und Zufriedenheit, sorglos und eingelullt von dösiger Harmonie, wo mich doch der geplante und in Gärung begriffene Roman zum Gegenteil verdammte. Um der Wahrheit die Ehre zu geben, ich sehnte mich nach Streit, brauchte anhaltenden Zwist ohne Aussicht auf Versöhnung, weswegen ich absichtlich meine Schallplatte mit dem zweiten Klavierkonzert von Rachmaninow in New York hatte liegen lassen. Man kann einer Frau antun, was man will, schenkt man ihr das zweite, notfalls das erste Klavierkonzert von Rachmaninow, schmilzt sie dahin und verzeiht alles.

Entscheidend ist nicht die Frau, sondern das Verhältnis zu ihr, das in meinem Fall aus beruflichen Gründen von exemplarischer Zerrüttung gekennzeichnet sein mußte. Ich wollte zunächst keinen großen Krach, ich wollte anspruchslose Mißhelligkeiten in die Wege leiten, sozusagen als Introduktion zu einer Symphonie des Unfriedens, die in einem furiosen Entzweiungsfinale gipfeln sollte. So gesehen war Melanie, dieser Ausbund an Friedfertigkeit, eine denkbar ungeeignete Partnerin.

Konnte man diese Frau nicht wenigstens zu einer abfälligen Äußerung, zu ein ganz klein bißchen Hader provozieren? Ich gewöhnte mir Nachlässigkeiten an, Bagatellen, die geeignet waren, die Keimzelle einer Tragödie zu bilden, so wie ein winziger Bazillus eine Seuche auszulösen und ganze Landstriche zu entvölkern vermag. Ich verstreute Zigarettenasche auf dem Teppich, ließ den Klodeckel offenstehen, versäumte es, den Kanarienvogel zu füttern oder mir die Zähne zu putzen, doch Melanie schien nichts zu stören, nicht einmal der Hauch einer Krise, eines Zerwürfnisses zeichnete sich ab. Ich beschloß, schwereres Geschütz aufzufahren, meckerte über ihre Frisur und Kleidung, ihre mangelnde Leidenschaft im Bett, über den labberigen Kaffee, den sie servierte. Nichts. Sie paßte Frisur und Kleidung meinem Geschmack an, entwickelte sich im Bett zu einem wahren Vulkan und kochte stärkeren Kaffee. Ich mußte eine neue Strategie entwickeln, brauchte Zeit zum Nachdenken.

»Morgen kann ich nicht deinen Kaufhausdetektiv spielen«, sagte ich, »jeder Autor braucht mal ein paar Stunden Einsamkeit.«

»Was immer du willst«, sagte Melanie, »du brauchst dich zu nichts verpflichtet zu fühlen, ich habe für alles Verständnis.«

Am nächsten Tag machte ich einen langen Strandspaziergang. Die Beschreibung eines Aufenthalts im Freien, vor allem am Meer, dient in der Literatur meist einem ganz bestimmten Zweck – das Wetter und die Landschaft sollen die seelische Verfassung des Protagonisten spiegeln. Ich fühlte mich hundeelend und war innerlich aufgewühlt, doch es herrschte an diesem Nachmittag heiterster Sonnenschein, keine schwarzen Wolken fegten über das Firmament, die See dachte gar nicht daran, schäumende, tosende Wogen über den Sand zu peitschen, sie war von plätschernder Harmlosigkeit. Sehr lang war der Spaziergang ohnehin nicht, nach knapp hundert Metern fesselten zwei junge Damen meine Aufmerksamkeit. Sie hatten sich neben einem Picknickkorb auf einer Schilfmatte niedergelassen, tranken Wein aus Plastikbechern und lasen sich lauthals selbstverfaßte Gedichte vor. Sie unterbrachen die Lesung, als sie mich sahen, setzten ihre Sonnenbrillen ab. Wir lächelten uns zu, ich blieb stehen.

»Etwas Wein gefällig?« fragte die eine.

»Gerne«, sagte ich.

»Mist«, sagte die andere, »die Flasche ist praktisch leer.«

»Ich hole eine neue«, bot ich an und deutete auf Melanies Villa; »hab's nicht weit. Ich wohne in dem weißen Haus da oben hinter den Bäumen.«

Die Mädchen stellten sich vor, sie hießen Vicky und Vivian.

»Und ich bin Mike«, sagte ich. »Also, bin gleich wieder da ... oder ...«

Es entstand eine Pause.

»Wenn der Wetterbericht stimmt«, sagte ich, »wird es bald heftig zu regnen anfangen. Warum kommt ihr nicht mit? Im Haus können wir aus richtigen Gläsern trinken.«

Die Mädchen sprangen auf, packten die leere Flasche und die Becher in ihren Rotkäppchenkorb, rollten die Manuskripte in die Schilfmatte und folgten mir hügelan zum Haus.

Wir saßen auf dem leinenbezogenen Sofa im Wohnzimmer und leerten in rascher Folge ein paar Flaschen Trockenbeerenauslese.

»Seid ihr professionelle Lyrikerinnen?« fragte ich.

»Wir arbeiten in einer Bar in San Francisco«, sagte Vivian, »heißt Sleazy Joe. Heute ist unser Ruhetag. Mußt uns mal besuchen kommen.«

»Das werde ich bestimmt tun«, versprach ich. »Macht die Arbeit Spaß?«

»Die ist nur Mittel zum Zweck«, sagte Vicky. »In der Bar gibt es ein Podium mit Klavier, wo manchmal was vorgesungen wird. Einmal in der Woche dürfen auch wir. Wir vertonen unsere Gedichte selber. Erst singt Vivian, dann ich.«

»Unsere Zuversicht ist«, sagte Vivian, »daß wir entdeckt werden. So haben viele Karrieren in diesem Land begonnen.«

»Zweifellos«, bestätigte ich.

»Unsere Zeit wird kommen«, fuhr Vivian fort, »weil wir keine

Angst vor Gefühlen haben, weil wir zu den Herzen der Menschen sprechen. Sobald wir unseren ersten Schallplattenvertrag haben, geben wir den Scheißjob in der Bar auf.«

Ich nickte, ging in die Küche, holte ein Päckchen Erdnüsse.

»Und was machst du?« fragte Vicky.

»Ich bin Schriftsteller, arbeite an meinem ersten Roman.«

»Liest du uns was vor?«

»Könnt ihr Deutsch?«

»Ja«, kicherte Vicky, »Sauerkraut, Blitzkrieg.«

Die Sonne schickte sich an, hinter den Horizont zu sacken wie eine träge Münze in ein Sparschwein (der Vergleich ist gut und originell), da hörte ich Melanies Auto vorfahren.

»Entschuldigung«, sagte ich, bettete meinen Kopf auf Vivians Schoß und legte meine Beine auf Vickys Oberschenkel.

Vivian fing sofort an, mich hinterm Ohr zu kraulen, Vicky massierte meine Füße.

»Das tut gut«, hauchte ich, »weiter.«

Melanie kam ins Haus, blieb kurz im Flur stehen, um ihren Regenmantel aufzuhängen und die Schuhe zu wechseln.

»Weiter, weiter«, flüsterte ich, packte Vivian an den langen, seidenweichen Haaren und zog ihren Kopf sanft nach unten. Unsere Lippen berührten sich, ich schob meine Zunge behutsam an ihren Gaumen. Mit dem linken Fuß fuhr ich Vicky unters T-Shirt.

Melanie öffnete die Tür und schaltete das Licht an.

»Hi«, sagte sie, »du hast Besuch? Wie schön. Das ist der Nachteil, wenn man hier draußen wohnt, man bekommt so selten Besuch.«

Ich blieb liegen, entfernte meine Zunge aus Vivians Mund und machte die drei Damen einander bekannt.

»Ihr bleibt hoffentlich zum Essen«, sagte Melanie, »ich mach' schnell eine Kleinigkeit.«

Ich folgte ihr in die Küche.

»Wie hättest du reagiert«, fragte ich, »wenn du mich mit den beiden oder einer von beiden im Bett erwischt hättest?«

Melanie durchsuchte den Kühlschrank.

»Hast du mit ihnen oder einer von ihnen geschlafen?«

»Hab' ich nicht.«

»Dann ist doch alles okay.«

»Aber wenn! Angenommen, daß!«

»Well«, sagte Melanie, »dann hätten wir die Angelegenheit in Ruhe ausdiskutiert. Ich glaube nicht, daß wir deswegen Streit bekommen hätten, wir sind doch keine Kinder mehr.«

Noch einmal bemühte ich mich, einen Hinweis zu erhalten, wie man mit dieser Frau in Zwietracht geraten könnte, und fragte: »Gibt es irgend etwas auf dieser Welt, das in der Lage ist, deinen Unmut zu erregen?«

»Wenn Nixon wieder Präsident werden würde«, sagte sie. »Schau doch mal in der Speisekammer nach, ob noch Nudeln da sind.«

Es hatte keinen Sinn mit Melanie. Über ein konfliktfreies Verhältnis kann man keine gute Beziehungsprosa schreiben.

Ich packte meinen Koffer, bedankte mich für die schöne Zeit und zog zurück nach New York.

5

Als ich mein Apartment betrat, war der Inder gerade damit beschäftigt, eine Unzahl Räucherstäbchen und sich selbst eine Haschzigarette anzuzünden. Meine plötzliche Anwesenheit schien er zunächst nicht zu bemerken; niemand schien sie zu bemerken. Die Wohnung glich einem Flüchtlingslager. Der Boden war übersät von Matratzen, auf denen Frauen und Männer aller Altersgruppen dämmerten, auf denen Jugendliche und Babys schliefen und spielten und nach Nahrung schrien. Neben der Spüle lag meine fristlose Kündigung.

»Raus!« brüllte ich.

Der Inder schreckte auf.

»O Mister«, sagte er, »Sie sind's. Die rückständige Miete – wird nächste Woche, wird morgen erledigt. Keine Sorge.«

»Raus!« wiederholte ich noch lauter.

»Mister«, jammerte der Inder, »haben Sie Erbarmen! Die Frauen, die Kinder ... Sie können doch nicht einfach ...«

»O ja, ich kann«, sagte ich und strengte mich an, kaltblütig dreinzublicken.

Ich ging zum Telefon, hob den Hörer ab, eine wirkungsvolle Geste, wie ich wußte. Diesmal verpuffte die Drohung – das Telefon war abgestellt.

»So!« sagte ich und blickte auf die Uhr. »Sie haben genau fünfundvierzig Minuten Zeit, Ihren Harem, den Kindergarten und den Müll zu entfernen. Wenn Sie sich weigern – unten ist ein öffentlicher Fernsprecher. Die Polizei wird nicht lange brauchen.«

»Und während Sie telefonieren, werde ich die Wohnung anzünden. Wir Inder fürchten nicht den Tod. Sollten wir jedoch überleben, werde ich behaupten, Sie seien es gewesen.«

»Dann steht Aussage gegen Aussage«, lachte ich. »Wem wird das Gericht glauben? Einem deutschen Erfolgsautor oder einer illegal eingewanderten Ratte vom Ganges?«

»Sie vergessen«, sagte der Inder, »daß ich ein Dutzend Zeugen habe. Selbst wenn ein paar verbrennen, bleiben noch immer genug übrig.«

Die Frauen, die unserer Konversation scheinbar gleichmütig gefolgt waren, fingen wie besessen an, die Kinder aufzulesen und ihr Zeug zu bündeln, aus Angst vor dem Verbrennungstod. Zum Abschied stellte sich der Inder breitbeinig vor mich hin, verwandelte die Augen zu zwei blitzenden, drohenden Schlitzen und sagte: »Sind Sie verheiratet?«

»Nein.«

»Aber Sie werden früher oder später heiraten«, sagte er. »Ich werde meinen Guru beauftragen, einen Fluch auf diese Ehe zu laden. Nur Zank und Krieg wird es geben, jeden Tag. Am Ende steht die Scheidung.«

»Kann ich mich auf Ihren Guru verlassen?« fragte ich.

»Sie sind krank«, sagte der Inder und packte lebendes und totes Inventar zusammen.

Ich hatte meine Wohnung wieder für mich und öffnete das Fenster, um die beizenden Räucherstäbchenschwaden, ein Gestank, der mir Brechreiz verursacht, entweichen zu lassen. Geld hatte ich praktisch keines mehr, da der Inder während meiner Abwesenheit nicht einen Penny auf mein Konto überwiesen hatte und ich mit der Miete empfindlich im Rückstand war. Das mußte umgehend beglichen werden, um eine Rücknahme der fristlosen Kündigung zu erwirken. Zwar hatte ich die Fünfzig-Dollar-Erfolgsprämien während meiner Tätigkeit als Ladendetektiv immer behalten dürfen und in letzter Zeit drei Rezensionen veröffentlicht, die wohl bald honoriert werden würden, doch insgesamt war die finanzielle Lage nicht günstig. So verschiedenartig die Freunde meines nicht mehr jungen Lebens waren, so sehr sie sich unterschieden, was ihre Begabungen und charakterlichen Veranlagungen betraf, eines hatten sie gemeinsam: Sie konnten mir nie Geld leihen. Was das anbelangt, ist das Dasein von magnetischen Kraftfeldern bestimmt, wonach arm und arm und reich und reich mit der Ausnahmslosigkeit eines Naturgesetzes sich anziehen. Die Eltern erzählen einem frühzeitig, daß Armut keine Schande und insofern von Vorteil sei, da arme Menschen zu teilen pflegen, wohingegen die Wohlhabenden ständig raffen, überdies mache Geld nicht glücklich. Eines Morgens schlägt man die Zeitung auf und liest eine statistische Erhebung, der zufolge die Reichen glücklicher sind als die Armen; das Gegenteil hatte man bislang angenommen. Arm *und* unglücklich, das ist zuviel, man schwankt zwischen Depression und Wut und sinnt auf Wege, dem Schicksal mit Gewalt und notfalls unter Einbeziehung illegaler Machenschaften unter die Arme zu greifen.

Nichts ist da freilich naheliegender als ein Banküberfall. Für einen solchen sind drei Dinge Voraussetzung zum Erfolg: Phantasie, Planung und gute Nerven. Würde es mir nicht an letzteren mangeln, ich hätte schon reihenweise Geldinstitute leergeräumt. Es ist höchste Zeit, daß Krimiautoren und Gangster sich zusammentun, um ihre Fähigkeiten zu kombinieren und zu maximieren. In anderen Branchen ist man da längst auf den Trichter gekommen, in der Musik beispielsweise. Seit Jahrhunderten arbeiten Dichter und Komponisten gemeinsam, um Opern oder Liederkränze zu verfertigen, Viehzüchter und Metzger arbeiten Hand in Hand, die Menschheit mit Schnitzeln und Wurstwaren zu versorgen, und Sargtischlereien sind wohl kaum zufällig weltweit in der Nähe von Krankenhäusern zu finden.

Ich brauchte Geld und einen guten Romanstoff; der Gedanke, einen Menschen mit Wagemut und unterentwickelter Gesetzestreue aufzutreiben, lag auf der Hand.

Die letzten Gäste waren gegangen. Bald würde die Sonne aufgehen, dennoch waren wir hellwach.

»Dein Plan ist genial«, sagte Paul, »und man braucht nicht einmal übertrieben gute Nerven dazu.«

»Mach dir nichts vor, alter Junge«, sagte ich, »man braucht verdammt gute Nerven dazu.«

»Schon möglich«, sagte Paul, steckte sich eine Zigarette an und zapfte noch zwei Biere. »Wie auch immer, deine Idee hätte selbst der guten Ma Barker Respekt abgenötigt.«

»Wem?«

»Hast du noch nie von Ma Barker gehört?«

»Nein.«

Paul erzählte mir von dieser bizarren Dame, die 1871 in Springfield, Missouri, das Licht der Welt erblickte. Mit zwanzig Jahren heiratete sie einen bettelarmen Farmarbeiter, dem sie vier Söhne schenkte: Herman, Lloyd, Arthur und Fred, eine ziemlich ungebärdige Brut, nach bürgerlichen Maßstäben mißlungen, wie sich bald herausstellte, schwer und nur mit Prügel und Fußtritten unter Kontrolle zu halten. Doch die Kinder und alle, die die Mutter kannten, mußten ihr Gutherzigkeit und Gemeinsinn zugestehen, führte sie doch stets im Sinn, durch Diebstahl, Einbruch und Hehlerei den jämmerlichen Lebensstandard der Familie zu heben, ohne eine entsprechende Ausbildung genossen zu haben, weswegen ihre sippenorientierte Tätigkeit schon früh von Unterstützung der Nachkommenschaft und polizeilichen Maßnahmen begleitet war. Nachdem es Mrs. Barker wiederholt gelungen war, ihre Söhne mittels Charme, Drohungen, Versprechungen und hysterischer Anfälle staatlichem Gewahrsam zu entziehen, beschloß sie, obgleich mit nur mäßiger Intelligenz, dafür aber mit beachtlicher krimineller Energie gesegnet, die Geldbeschaffung in lukrativere Bahnen zu lenken, und lehrte ihre Söhne die Kunst des Bankraubs, wobei sie jedoch nicht, wie Erziehungsberechtigte in ihrem didaktischen Walten es gerne tun, auf einen Schatz eigener Erfahrungen verweisen konnte. Es oblag den Söhnen alleine, den theoretischen Unterricht der Mutter mit Leben zu erfüllen. Hätte Klein Freddie nicht das Glück gehabt, während eines ausgedehnten Gefängnisaufenthalts den versierten Tresorknacker Alvin ›Creepy‹ Karpis kennenzulernen, der Barkerbande wäre nie die Ehre widerfahren, vom FBI als gefährlich und professionell eingestuft zu werden, war Karpis doch nach seiner Entlassung von der großherzigen Mutter mit offenen Armen empfangen und in ihr Haus aufgenommen worden. Bald beschränkte man sich nicht mehr auf Banküberfälle, man entführte kurz nacheinander auch zwei Millionäre, für deren Freilassung insgesamt dreihunderttausend Dollar erpreßt werden konnten, einträgliche Aktionen zwar, doch insgesamt langwieriger und wesentlich nervenaufreibender als das maskierte Vorsprechen bei Kreditanstalten. Ma Barker hatte einen Urlaub redlich verdient. Sie fuhr mit Freddie, ihrem Jüngsten, nach Florida und mietete eine Hütte am Lake Weir. Am 16. Januar 1935 umstellten Polizisten, unterstützt von einer Handvoll tapferer Mitarbeiter des FBI, das Feriendomizil der legendären Verbrecherin. Man forderte Mutter und Freddie auf, mit erhobenen Händen in den Garten zu schreiten, ein Ansinnen, das die alte Ma Barker mit einer Maschinengewehrsalve aus dem Wohnzimmerfenster beantwortete. Vier Stunden währte der nun folgende Schußwechsel, an dessen Ende Mutter und Sohn, von Kugeln durchsiebt, ihren Geist aushauchten.

Warum hat eine gnädige Vorsehung nicht die Güte gehabt, mir

eine Familie wie die der Barkers zu bescheren! An der Seite von Herman, Freddie und den anderen Brüdern hätte ich ein erregendes Leben geführt, voll von Romanstoffen. Einige Jahre wäre ich die Freude, der Sonnenschein der beherzten Ma gewesen, dann hätte ich mich in eine landschaftlich reizvolle Gegend zurückgezogen und ein autobiografisches Werk verfaßt, verschlüsselt genug, um meine Verwandtschaft nicht zu gefährden, nicht in die Mühlen der Gerechtigkeit zu treiben, doch gleichzeitig von einer anspielungsreichen Offenheit, die keinen Zweifel an der Authentizität des Berichts zulassen durfte. Die Kritiken sind glänzend, der Verkauf übertrifft die kühnsten Erwartungen, nur die Mutter schreibt einen geharnischten Brief, will wissen, womit sie einen derartigen Schlag verdient habe – erst sie niederträchtig im Stich lassen und dann das noch! Habe sie etwa nicht immerzu liebende Fürsorge an den Tag gelegt, ihren Kindern weitgehend die verhaßte Schulpflicht erspart und Sorge für eine solide Ausbildung getragen? Da rackere man sich ab, bringe den Kleinen bei, wie man Banken erleichtert, um die Enttäuschung erleben zu müssen, daß jener Sohn, an den man die schönsten Hoffnungen geknüpft hatte, ihr die Schande antue, Intellektueller zu werden.

Man täuscht Reue und Zerknirschung vor, bittet um Vergebung, kehrt zurück in den Schoß der Familie, nur weil man Material für ein zweites Buch sammeln möchte. Und zu dessen Gelingen schlägt man vor, die ungesetzlichen Anstrengungen auszuweiten, kriminelles Neuland zu betreten und beispielsweise den ein oder anderen Millionär zu entführen. Sofort greift Alvin ›Creepy‹ Karpis den Gedanken begeistert auf und fordert von einer mit Statistiken befaßten Behörde in Washington D.C. eine Liste der wohlhabendsten amerikanischen Geschäftsleute mit Wohnsitz in Chicago und Umgebung an. Der verlorene Sohn erklärt sich bereit, die Lebensgewohnheiten der möglichen Kandidaten auszuloten und einen todsicheren Plan zu entwerfen. Die

Mutter vergibt einem, ist christlich gerührt. Inzwischen ist man derart hartherzig geworden, daß man nicht einmal Gewissensbisse verspürt, das ganze Theater nur zu veranstalten, da man spannende Episoden für sein zweites Buch braucht. Eine neuerliche Fortsetzung, ein drittes Buch wird es nicht geben, das ist klar; also braucht man einen wirkungsvollen Schluß, ein effektreiches letztes Kapitel. Die Gelegenheit ergibt sich schneller als erwartet. Mutter und Freddie machen Urlaub in Florida, und man verrät dem FBI das Versteck am Lake Weir.

Ein Schriftsteller muß alles seinem Werk opfern, da darf man nicht zimperlich sein. Die Nachwelt fragt nicht nach Anstand und Ehre.

»Mach noch ein Bier«, fordere ich Paul auf.

»Schluß jetzt«, sagt er. »Von nun an wird eine asketische Lebensweise verfolgt. Keine Ausschweifungen, kein Alkohol.»

»Du hast recht«, stimme ich zu. »Einen vernebelten Kopf können wir nicht gebrauchen. Erst die Arbeit, dann das Vergnügen. Hinterher dürfen wir wieder auf die Pauke hauen.«

»Von wegen«, sagt Paul, »gerade hinterher ist eine ungeheure Disziplin erforderlich. Immer wieder liest man, daß Übeltäter nach einem gelungenen Coup durch puren Leichtsinn alles vermasselt haben. Sie suchen Kneipen und Nachtlokale auf, werfen mit Geld um sich, finden Gefallen an zweifelhaften Damenbekanntschaften, laden aufgedonnerte Blondinen in ihre Wohnung ein, holen Champagner und Kaviar aus dem Kühlschrank und fangen zu protzen an. Wie wir wissen, können Frauen den Mund nicht halten, unter dem Siegel der Verschwiegenheit tratschen sie alles brühwarm weiter, es dauert nicht lange und einem Spitzel kommt etwas zu Ohren, worauf die Staatsanwaltschaft leichtes Spiel hat.«

Paul besitzt einen alten Dodge. Wir erkunden die Gegend nördlich um New York City, sehen uns Kleinstädte und Ortschaften an, machen verschlüsselte Notizen über die Lage der Banken, in deren unmittelbarer Nähe ein öffentlicher Fernsprecher ist.

Nach einer Phase analytischen Grübelns sage ich zu Paul: »Es ist egal, eine Bank ist so gut wie die andere. Ich schlage vor, wir nehmen uns Nyack vor.«

»Nyack? Scheint mir keine gute Wahl zu sein. Auf der einen Seite der Hudson, auf der anderen lauter Einbahnstraßen und Sackgassen. Nicht gerade ideale Fluchtwege, wenn ich es richtig sehe.«

»Bei unserem Plan brauchen wir keinen Fluchtweg.«

»Und wenn etwas schiefläuft?«

»Dann ist sowieso alles zu spät.«

»Meinetwegen«, sagt Paul und atmet tief durch. »Also dann Nyack. Wir müssen nur feststellen, wie der Filialleiter heißt.«

»Das ist deine Aufgabe.«

Ich riskiere eine langjährige Zuchthausstrafe, nur um in den Schaufenstern weniger Buchhandlungen ein Werk aus meiner Feder zu sehen. Bin ich denn von allen guten Geistern verlassen! In letzter Zeit schlafe ich schlecht, und wenn ich schlafe, träume ich schlecht. Ich schrecke empor, sitze kerzengerade in den Kissen. Noch ist es nicht zu spät, einen Beruf zu ergreifen, der mir ein bescheidenes Auskommen sichert. Kaum ist der Gedanke gefaßt, habe ich das Bild einer New Yorker Party vor Augen. Ein Loft in Soho, zu fünft oder sechst stehen die Gäste zusammen, trinken Wein, unterhalten sich, alles kulturell interessierte, einflußreiche Leute. Ich wandere von Gruppe zu Gruppe, werde wie Luft behandelt, niemand ist willens, auch nur ein Wort mit mir zu wechseln, niemand will etwas mit einem Spielhallenaufseher oder Sockenvertreter zu tun haben, ich bin nicht mehr beliebt. Noch vor kurzem war das anders, man unterhielt sich gerne mit einem deutschen Schriftsteller, von dem man zwar nie eine

Zeile gesehen hatte, was wohl daran lag, daß noch nichts übersetzt war. Er sprach häufig über seinen großen New Yorker Gesellschaftsroman, jeder fürchtete, darin vorzukommen, und war bemüht, sich dem Autor so vorteilhaft wie nur möglich zu präsentieren. Sehen wir der Wahrheit ins Gesicht, es ist längst zu spät, den Beruf zu wechseln, keine Fachschule würde mich aufnehmen, kein Arbeitgeber mir eine Chance gewähren. Ich bin gezwungen, der künstlerischen Berufung zu folgen. Zunächst werde ich verbreiten, daß ich grundsätzlich keine Interviews gebe; jeder Journalist wird sich etwas darauf einbilden, wenn ich eine Ausnahme mache. Soll ich nach Erscheinen meines ersten Buches aufs Land ziehen? *Fortan lebte er in völliger Abgeschiedenheit nur noch seinem Werk.* Autogrammjäger und Doktoranden umlagern sein einsames Gehöft, hoffen, ihn bei der Gartenarbeit zu erwischen und ihn in ein Gespräch verwickeln zu können. Flieht mich der Schlaf, stehe ich wieder auf und trinke Bier. Dabei sehe ich meine Entwürfe und ersten Kapitel durch, streiche den ein oder anderen Satz, feile an Formulierungen und Vergleichen, denke mir neue Überschriften und Titel aus. Zwischendurch lausche ich den Geräuschen der New Yorker Nacht, dem heiseren, brutalen Röhren der Feuerwehrautos.

Paul hat seinen Dodge in der Garage gelassen, wir fahren mit einem Mietwagen nach Nyack. Oft genug hatten wir in der Zeitung gelesen, daß Profis bei heiklen Unternehmen Mietwagen und nicht das eigene Auto benutzen. Warum, war uns nicht ganz klar, aber wir dachten, diese Typen werden schon ihre Gründe haben.

»Du mußt das Telefonat führen«, sage ich.

»Das kannst du ebensogut«, erwidert Paul.

»Sicher«, sage ich. »Mein deutscher Akzent schränkt den Täterkreis gleich ordentlich ein. Vergiß nicht, deine Stimme zu verstellen, sprich einfach etwas höher oder tiefer als gewöhnlich;

nein, das ist zu durchsichtig; am besten, du hältst dir die Nase zu.«

Paul zündet sich eine Zigarette an.

»Wir dürfen keine Zigarettenstummel am Tatort zurücklassen«, sage ich.

»Das mußt du unbedingt in deinem Handbuch für Bankräuber erwähnen«, sagt Paul, »niemals rauchen, wenn man eine Bank überfällt.«

»Wir dürfen auch keine Zigarettenstummel im Aschenbecher des Autos zurücklassen», sage ich.

»Du gehst mir auf die Nerven«, sagt Paul.

»Noch etwas«, gebe ich zu bedenken, »wir haben vergessen, Handschuhe anzuziehen. Ehe wir den Wagen abliefern, müssen wir sorgfältig all unsere Fingerabdrücke entfernen.«

»Wenn ich dich nicht hätte!« sagt Paul. »Du denkst einfach an alles. Ist das wirklich dein erster Banküberfall?«

Wir schweigen eine Weile.

Dann frage ich Paul: »Was wirst du mit dem Geld machen?«

»Erst einmal werde ich Hamburg besuchen«, sagt Paul, »einen Monat lang St. Pauli, Reeperbahn, alte Lokale, alte Freundinnen. Aber ich werde nicht fliegen, sondern ein Schiff nehmen, einen Luxusdampfer, Einzelkabine erster Klasse. Falls danach noch etwas übrig ist …«

»Was meinst du, ›falls danach noch was übrig ist‹? So eine Reise kostet doch kein Vermögen.«

»Heutzutage haben die nicht mehr allzuviel Bargeld in den Banken«, erklärt Paul, »wegen Leuten wie uns.«

»Was?!« rufe ich. »Wieviel?«

»Keine Ahnung«, sagt Paul. »Zwölftausend Dollar oder so.«

»Und wegen sechstausend Dollar soll ich lebenslänglich riskieren?»

»Für diese lachhafte Summe gibt's höchstens ein paar Jahre«, sagt Paul. »Das ist der Vorteil der geringen Barbestände, die Strafen fallen wesentlich günstiger aus. Außerdem hast du behauptet, dein Plan sei hundertprozentig sicher, also riskieren wir nichts.«

»Kehr sofort um!« befehle, brülle, flehe ich.

»Zu spät«, sagt Paul. »Wir haben kein Geld, den Mietwagen zu bezahlen.«

Eine sanfte Steigung, eine Kurve, wir fahren in Nyack ein.

Paul parkt den Wagen in einer Seitenstraße in unmittelbarer Nähe der Bank, steigt aus. Ich beobachte durch den Rückspiegel, wie er zu dem öffentlichen Telefon geht, den Hörer abhebt, eine Münze einwirft. Ich weiß, was er sagt, wir haben den Text aufgeschrieben, ihn auswendig gelernt und oft genug rezitiert. Zunächst läßt er sich mit Mr. Pearson, dem Filialleiter, verbinden. Er wartet einen Moment, dann sagt er, sofern er sich an den Text noch genau erinnert: »Hello Mr. Pearson, hier spricht Lieutenant Hendrick vom Polizeirevier. Wir haben einen ernst zu nehmenden Hinweis erhalten, daß Ihre Bank in den nächsten Minuten überfallen werden soll. Kein Grund zur Aufregung, Mr. Pearson, wir haben die Lage im Griff. Und jetzt hören Sie genau zu. Bitte bleuen Sie Ihrem Kassierer ein, den Anweisungen der Räuber genau und widerstandslos Folge zu leisten und keinesfalls den Alarmknopf zu drücken. Wir sind in Zivil und behalten den Eingang der Bank im Auge und werden die Verbrecher verhaften, sobald sie das Gebäude wieder verlassen. Achten Sie darauf, daß Ihre Mitarbeiter und die Kunden im Schalterraum bleiben, es könnte zu einem Schußwechsel kommen. Thank you for your cooperation.«

Paul hängt den Hörer ein, geht langsam zum Auto zurück.

»Alles okay«, sagt er, »ist voll auf den Leim gegangen.«

Wir kleben uns die falschen Bärte an, holen die große Reisetasche aus dem Kofferraum, begeben uns zur Bank, stellen uns an der Kasse an. Vier Kunden sind vor uns. Hinter dem schweißtriefenden Kassierer steht ein schweißtriefender Gentleman mit brauner Krawatte, offenbar Mr. Pearson. Die schlimmste Viertelstunde seiner Karriere, morgen wird er in der Zeitung stehen. Er sieht uns an, schöpft keinen Verdacht, behält die Tür im Auge.

Nun gilt es, so normal wie irgend möglich zu wirken, weswegen ich zu Paul sage: »Das Wetter ist deutlich besser geworden, findest du nicht? Gestern hat es noch geregnet.«

»Halt's Maul«, knurrt er.

Als wir an der Reihe sind, zieht Paul seinen ungeladenen Revolver und sagt lächelnd mit leiser Stimme: »Die allgemeine Geldknappheit ist auch an uns nicht spurlos vorübergegangen. Würden Sie also bitte diese Tasche zügig mit Dollarnoten füllen. Versuchen Sie keine faulen Tricks, dann wird Ihnen nichts passieren. Sollten Sie etwa auf den Gedanken verfallen, den Alarmknopf zu betätigen, blase ich Ihnen eine Kugel in Ihre feuchte Stirn.«

Der Kassierer nimmt die Tasche entgegen und wirft seinem Chef einen fragenden Blick zu. Mr. Pearson nickt. Alles, was nun geschieht, nehme ich wie durch Nebelschwaden wahr. Ich bin wie gelähmt, meine Gliedmaßen fühlen sich wie schmelzender Kautschuk an. Noch heute sage ich mir, es kann nicht länger als eine Minute gedauert haben, bis die Tasche schwer und prall wieder in Pauls Händen war und wir uns auf dem Weg zum Mietwagen befanden.

Wir fahren zurück nach Manhattan, Paul beachtet peinlich genau die Geschwindigkeitsbegrenzungen. Bei ihm zu Hause zählen wir die Beute: etwas über zweiunddreißigtausend Dollar. Merkwürdigerweise will sich keine Euphorie einstellen, keine schäumende Freude.

Zum erstenmal in meinem Leben habe ich Schwierigkeiten, Geldscheine in meinen Hosen- und Jackentaschen unterzubringen.

Die fristlose Kündigung meiner Wohnung kam mir sehr zupaß. Ich hielt es für geboten, die Vereinigten Staaten von Amerika einige Zeit zu verlassen. Die Polizei ist zwar dumm, doch manchmal sind ihre Ermittlungen erfolgreich. Wegen eines kleinen Bankraubs in Nyack wird man keinen Auslieferungsantrag stellen. Haben sich die Wellen erst einmal geglättet, werde ich wieder nach New York ziehen. Bis dahin wird der Vorgang nicht abgeschlossen sein, die Akte indes im riesigen Arsenal ungeklärter Fälle ruhen. Neue, weit spektakulärere Vorkommnisse werden die Polizei in Atem halten, die täglichen Raubmorde, Brandstiftungen und Bombenanschläge harren einer Antwort. Nur in relativ ruhigen, deliktarmen Gegenden kann man sich langwierige Ermittlungen leisten, einer einzigen Straftat Monate und Jahre nachgehen; aber in Amerika geht alles Klapp auf Schlag, da wird ein Rechtsbrecher morgen, spätestens übermorgen dingfest gemacht oder notgedrungen laufen gelassen, man hat schließlich eine andere Arbeit auch noch zu tun.

Bereits während des Flugs nach München skizzierte ich den Anfang meiner *Bekenntnisse eines Bankräubers*, mußte aber bald feststellen, daß meine kurze kriminelle Laufbahn nicht mehr als ein Kapitel normalen Umfangs hergab. Ich hatte nur ein einziges Verbrechen begangen, und das war auch noch hervorragend gelungen. Hinterher keine Verfolgungsjagd, keinen Streit mit meinem Partner, vorher keine unglückliche Kindheit, kein Abgleiten in finstere Milieus, keine schlüpfrigen Kneipen und fragwürdigen Gestalten, kein langsames Hocharbeiten vom Ladendieb zum Bandenchef, keine sensationellen Prozesse und schmachtenden Gefängnisaufenthalte.

Mein Dilemma ist, daß immer alles zu gut klappt in meinem Leben. Man denke nur an meine Beziehung zu Melanie, die geradezu widernatürlich harmonisch war. Über eine solche Beziehung gibt es nichts zu schreiben, wie man in einem derartigen Fall auch nicht den Eheberater aufsucht, nur um ihm mitzuteilen, daß alles in Ordnung sei. »Warum sind Sie dann hier?« wird er verdrießlich fragen. Und Kritiker und Leser würden fragen: »Wozu schreibst du das auf? Warum ödest du uns mit deinem Glück an? Anderer Leute Glück ist langweilig. Wir wollen Zoff und handfeste Konflikte.«

Ich habe den Verdacht, daß ich nicht der einzige Schriftsteller bin, dem es so geht. Vermutlich gehöre ich einer gar nicht so kleinen Autorengruppe an, die ein zufriedenes Leben führt und darum literarisch nichts zuwege bringt. Fast all diese Autoren haben zu Hause eine Kiste mit ersten Kapiteln, nur wenige haben Auswege gefunden und trotz allem Bücher veröffentlicht, etwa der Franzose Alain Robbe-Grillet, ein prominenter Vertreter des *Nouveau roman*. Zwar habe ich nie etwas von ihm, sondern nur über ihn gelesen, wobei ich erfuhr, daß er in einem seiner Romane über fünfzehn Seiten hinweg beschreibt, wie der Schatten einer Jalousie lentement über eine Wand gleitet. Die Winkel und Dimensionen der Schatten der Jalousierippen ändern sich, aber, wie gesagt, nicht sehr schnell. Die Rezensenten waren vor Begeisterung aus dem Häuschen, sprachen von einem Loslösen der Kausalität, der Suche nach einer neuen Identität und der Zertrümmerung subjektbezogener Strukturen. Ich allein weiß, daß Robbe-Grillet zu feig war, eine Bank zu überfallen. Sein ereignisloses, gemütliches Leben hat er wiederholt zu beschreiben versucht, ist dabei genauso gescheitert wie ich, da trat er die Flucht nach vorne an, blickte auf die Wand gegenüber seines Schreibtisches und zertrümmerte die Kausalität.

Auf Deutschland freute ich mich eigentlich nicht so recht, doch auf verschiedene in den USA nicht erhältliche Nahrungsmittel, die ich schätze; insbesondere Gelbwurst, auch diese wunderbaren Deutschen Beefsteaks mit Spiegelei, wie sie vorzugsweise in Bahnhofsrestaurants angeboten werden. Auf diese

Spezialitäten war ich jedoch nie derart gierig gewesen, daß ich Heimweh verspürt hätte.

Von einer freundlichen Stewardeß mit Bier und Salzstangen bewirtet, durch den Plastikkopfhörer der 9. Symphonie Anton Dvořáks lauschend, versuchte ich zu ergründen, warum ich bereits im Flugzeug Heimweh nach Amerika hatte. Und in Amerika verging ich immer vor Sehnsucht nach einem anderen Amerika, einem Amerika, das es nie gegeben hatte, dem Amerika Norman Rockwells, dem versunkenen Amerika, wie es uns aus der Ballroommusic anweht, jener folkloristischen Musik, die kleine Ensembles im 19. Jahrhundert während der Feste in Kleinstädten und Dörfern spielten. Es ist die melancholisch-fröhliche Musik der heilen Welt, der Pionierzeit, der vertanen Chancen. Ich stehe halb versteckt hinter der Säule und beobachte, wie Gilda mit diesem Gary tanzt, der stets gute Laune hat. Gary liest keine Bücher und kann Pferde zureiten. Jeden Samstag nehme ich mir vor, am nächsten Morgen Gilda in der Kirche anzusprechen, Gilda mit den blonden Zöpfen. Sie hat deutsche Vorfahren, eingewandert vor drei Generationen, Land gekauft und urbar gemacht, fleißige, fromme Leute, glauben an den Präsidenten und die Zukunft, danken Gott, auch wenn ein Hagelsturm die Ernte vernichtet hat. Gilda trägt ein weißes Kleid mit Spitzen, das ihre Mutter für festliche Anlässe genäht hat. Jemand klopft mir auf die Schulter, es ist Randolph: »Was stehst du hier so rum, alter Sauertopf. Komm, ich lad' dich zu 'nem Trunk ein.« Ich gehe mit Randolph zum Faß, wo Shirley die Gläser füllt. Die Einnahmen kommen in die Kasse für das neue Spritzenhaus. »Hilfst du mir nächste Woche mit dem Zaun?« fragt Randolph. – »Hab' ich dir schon längst versprochen«, sage ich. Arbeit im Freien mag ich nicht, wahrscheinlich werde ich Schreiber im Gemeinderat oder bei Gericht werden. Von der Amtsstube aus sehe ich zu, wie sie die Flagge hissen, die Main Street fegen, Unkraut in den Vorgärten rupfen. Der Sheriff hat nicht viel zu tun. Am 4. Juli hält man eine Parade ab und ist stolz. Die Tambourmariechen lächeln weiß-blau-rot und schwenken die Köpfe nach rechts und links. Der Großvater spricht an Thanksgiving ein Gebet. Gary ist im Bürgerkrieg gefallen, ein Jahr später habe ich Gilda geheiratet. Seitdem war Gary mein bester ehemaliger Freund. Gilda ist daheim und bäckt einen Applepie, der Tanz geht zu Ende, sie geht zu ihrem Tisch, Gary holt was zu trinken, begrüßt mich. »Willst du nicht bald zum Militär?« frage ich ihn. »Die Südstaaten machen Ärger; ich bin sicher, Lincoln wird über kurz oder lang zu den Waffen rufen.« – »Dann bin ich dabei«, sagt Gary. – »Good boy«, sage ich. Gilda bäckt einen Applepie und ist schwanger. Sie wird einem Mädchen das Leben schenken, einer neuen Bürgerin in Gottes eigenem Land.

Die Stewardeß weckt mich, serviert das Frühstück.

»Ach, wie schön wäre es«, sage ich gähnend, »wenn jetzt eine Gruppe entschlossener Palästinenser das Cockpit stürmen und den Kapitän zur Umkehr nach Amerika zwingen würde.«

»Sie haben einen reichlich makabren Humor«, meint die Stewardeß.

»Ich wohne nur gerne in New York.«

»Warum sind Sie nicht geblieben, wenn es Ihnen da so gut gefällt?«

»Weil ich eine Bank ausgeraubt habe und es für zweckmäßig halte, eine Weile unterzutauchen.«

»Man kann nicht vorsichtig genug sein«, sagt die Stewardeß.

In München wohne ich bei meiner Freundin Rossi. Sie ist eine beliebte Cartoonistin, Schöpferin eines Comics, der allwöchentlich in mehreren bayerischen Tageszeitungen erscheint. Da sie nicht zeichnen kann, hat sie zwei Punkte erfunden, die lustige Alltagssituationen zu bestehen haben, zwei Punkte, mit denen sich jeder identifizieren kann. Rossi und ich sind alte Freunde, und obwohl wir oft jahrelang nichts voneinander hören, nie Briefe wechseln oder miteinander telefonieren, haben wir bei jeder Begegnung den Eindruck, als hätten wir einander nur ein paar Tage nicht gesehen. Wir haben vergessen, wann und wo wir uns kennengelernt haben, da mögen wir in Erinnerungen kramen, solange wir wollen. War es auf einer Party, am Karfreitag während der Matthäuspassion oder auf dem Oktoberfest? Es ist wie verhext, es will uns nicht einfallen.

Rossi ist immer zu Hause, darum muß ich nicht anrufen, wenn ich sie besuchen möchte. Ich läutete, sie öffnete.

»Du hast eine ganz schöne Fahne«, sagte sie. »Komm rein. Warst du im Wirtshaus?«

»Nein«, sagte ich, »im Flugzeug. Gestern war ich noch in New York, wo ich eine Zeitlang gewohnt habe.«

»Putz dir erst mal die Zähne«, sagte Rossi, »dann kriegst du ein neues Bier.«

»Lieber einen Kaffee.«

Ich brachte mein Gepäck in das Gästezimmer, ging danach ins Bad; sie kochte Kaffee und bereitete eine Gelbwurstsemmel zu.

»Hast du einen neuen Roman angefangen?« fragte sie.

»Nicht nur einen«, gab ich zu. »Den letzten im Flugzeug. Aber es reicht höchstens mal wieder für eine Kurzgeschichte.«

Sie stellte mir den Kaffee und die belegte Semmel hin, setzte sich an den Tisch.

»Du mußt abschweifen«, sagte sie, »das ist alles. Kennst du einen einzigen Roman, der von vorne bis hinten einfach durcherzählt wird? Keine Story hat so viel Dampf. Um ein Buch daraus zu machen, schweifen die Autoren ab, erfinden die blödsinnigsten Nebenhandlungen, streuen Essays ein, zaubern neue Figuren aus dem Nichts, die nach wenigen Seiten wieder verschwinden, indem sie verreisen oder sterben, da werden, jeder Vorwand ist recht, Reflexionen über das schwierige Geschäft des Schreibens und endlose Rückblenden eingeschoben.«

»Hemingway«, sagte ich.

»Was ist mit Hemingway?«

»Der hat ohne Um- und Abschweife seine Romane zu Papier gebracht.«

»Mag sein«, sagte Rossi. »Du brauchst dir ja nicht unbedingt Hemingway zum Vorbild zu nehmen. Wovon handelt denn dein neues, angefangenes Buch?«

Ich erzählte Rossi von dem Banküberfall in Nyack.

»Gefällt mir«, sagte sie, nachdem ich fertig war. »Daraus kann man doch was machen.«

»Es ist zu glatt gelaufen«, wandte ich ein, »keine Spannung.«

»Daran liegt es nicht«, sagte Rossi, »deine Verbrecherlaufbahn war zu kurz. Du mußt weitermachen, größere Wagnisse eingehen.«

»Was meinst du damit?«

»Du mußt einen Mord begehen.«

Erst kurz vor dem Einschlafen begriff ich, daß Rossi ihren Vorschlag ernst gemeint hatte. Kein Zweifel, die Frau war verrückt geworden. Außerdem, wen sollte ich ermorden? Ich kannte in München kaum jemanden.

Am nächsten Morgen zeigte Rossi mir ihre neuen Comics – stapelweise Seiten mit je vier Quadraten vollgezeichnet und in jedem Quadrat zwei Punkte mit leeren Sprechblasen.

»Wirklich schön«, sagte ich, »doch nicht sehr abwechslungsreich. Wie wär's, wenn du es mal mit farbigen Punkten versuchtest?«

»Wenn ich mich auf Schwarz beschränke, steigen die Aussichten, daß das alles mal als Buch herauskommt. Die Verleger scheuen die hohen Produktionskosten bei farbigen Bildern.«

»Ich verstehe.«

»In die Sprechblasen muß natürlich noch was reingeschrieben werden, möglichst pointiert«, erklärte sie. »Ich suche einen neuen Texter, der alte hat den Bettel hingeschmissen. Wie wär's? Das Honorar teilen wir halbe-halbe.«

»Laß mich darüber nachdenken«, sagte ich.

»Du darfst mich jetzt nicht hängenlassen«, sagte Rossi. »Übermorgen ist Abgabetermin.«

Ich bat um einen Bleistift, nahm die Comics, setzte mich auf die Terrasse und grübelte. Angenommen, das eine Pünktchen ist männlich und das andere weiblich, dann könnte man irgendwie was mit ... oder der eine Punkt ist jung, der andere alt, der Generationskonflikt wäre eigentlich ... Ich zog in die Küche um, weil ich in der Natur nicht arbeiten kann.

Hast du deine Hausaufgaben schon gemacht? schrieb ich in die erste Sprechblase. *Das hat Zeit*, schrieb ich in die zweite. Ich radierte den Dialog wieder aus. *Du hast unseren Hochzeitstag vergessen*, schrieb ich in die erste Blase und *Verflixt!* in die zweite. Nach einer halben Stunde waren Löcher in die Sprechblasen radiert. Ich steckte die Comics in die Küchenschublade und ging in die Stadt.

Wie lange muß man nach einem Bankraub untertauchen? Das Geld hatte ich längst beim *Exchange* im Hauptbahnhof eingetauscht. Falls die Nummern der Scheine notiert und nach Deutschland gefaxt worden waren, würden demnächst unschuldige Touristen Schwierigkeiten bekommen. Rumänen etwa, die ihre Lei in D-Mark und die D-Mark in Dollar wechseln, um in Bukarest undurchsichtige Geschäfte zu tätigen. Dank des vorteilhaften Kurses nannte ich gut 28 000 Mark mein eigen. Zuerst kaufte ich mir einen Trachtenanzug, da ich nach meiner Rückkehr in die USA so wenig wie möglich einem gesuchten Bankräuber gleichen wollte.

München hatte mir noch nie sonderlich gefallen, doch da bin ich zur Welt gekommen und aufgewachsen, da bin ich zur Schule gegangen, da hatte ich mich zum ersten- und zweitenmal verliebt, da hatte ich die ersten Kapitel meiner ersten Romane geschrieben. Unter solchen Umständen wird man leicht sentimental und glaubt, spät noch ein Heimatgefühl entwickeln zu dürfen. Aber dieses Heimatgefühl war wie aus Algen hergestellte Wurst für Vegetarier – unecht und mit labberigem Nachgeschmack. Wie lange also sollte ich noch in dieser Stadt der Gamsbärte, Dirndls, der Blasmusik und Boutiquen ausharren? Ich traute mich nicht, Paul anzurufen, um ihn zu fragen, ob die Luft rein sei. Wie oft hat man doch von Verbrechern gehört, die einige Zeit nach ihrer intelligent durchgeführten Tat plötzlich alle Vorsichtsmaßnahmen fahren ließen, sich in Sicherheit wähnten und einer tückisch lauernden Polizei in die Fänge gingen! Man muß nicht sein Leben lang ein schlechtes Gewissen haben, das soll ein jeder mit seinem Herrgott ausmachen, aber man muß sein Leben lang auf der Hut sein. Das ist lästig.

28 000 Mark reichen nicht ewig. Zwar hatte ich bislang kaum etwas ausgegeben, doch man soll an die Zukunft denken und nicht sorglos in den Tag hineinleben.

Ich erwog, den Trick mit dem Anruf beim Filialleiter irgendwo in Bayern zu wiederholen. In Amerika würde das nicht noch einmal gutgehen, die Bankdirektoren waren gewarnt. An der ständigen Wiederholung ihrer einmal erfolgreichen Methoden sind viele Gangster gescheitert. »Die Handschrift kennen wir«, sagen die Ermittler in den Polizeirevieren und zählen zwei und zwei zusammen. Es dauert nicht lange und der Gesetzesbrecher ist gefaßt. ›Hätte ich nur rechtzeitig aufgehört oder meinen Grips ein bißchen angestrengt und mir etwas Neues ausgedacht‹, denkt er während der Untersuchungshaft. Jetzt ist es zu spät. Der Missetäter wird vor Gericht gestellt, der Strafverteidiger gibt sich alle Mühe, beschreibt die unglückliche Jugend, die verzweifelte finanzielle Situation, die bisherige grundanständige Lebensführung des Delinquenten, beteuert, dieser habe einen beträchtlichen Teil der unlauter erworbenen Summe an mildtätige Organisationen gespendet, denkt sich etwas von einer Sauftour kurz vor der Tat aus, plädiert auf verminderte Schuldfähigkeit, es hilft nichts, der Angeklagte wird einer Vollzugsanstalt überantwortet, wo er sich im Rahmen eines staatlich geförderten Programms zum Schweißer und Schlosser ausbilden läßt, nach der Freilassung Grundlage einer kaum weniger traurigen Laufbahn als vor dem lange zurückliegenden Strafantritt.

Mein Brot wollte ich als Schriftsteller, nicht als Desperado verdienen. Die Aktion in Nyack war nur Mittel zum Zweck, die pekuniäre Ausbeute war einigermaßen gut, die literarische Ausbeute mager gewesen, zur Not ausreichend für eine Episode, eine Marginalie in einem epischen Werk, eine bedeutungslose Klippe im rauschenden Erzählfluß. Ich mußte den Einflüsterungen Rossis widerstehen, durfte nicht einmal denken an einen neuerlichen Verstoß gegen ziviles Wohlverhalten. Immerhin war mir in New York hin und wieder etwas eingefallen, das einen Romanstoff hätte abgeben können, doch in München wurde meine schöpferische Kraft in einer Art mentaler Daunendecke erstickt, ein Phänomen, das seine Wurzel in meiner Sehnsucht nach Wolkenkratzern und den Zauberern im Central Park gehabt haben mag, nach chinesischen Entenbratereien, den Dampfwolken aus den Gullis, der Brooklyn Bridge, den Musikern in dem Subwaybahnhöfen, den Straßenhändlern am Broadway, den Feuerwehrautos.

Ich kaufte Rossi zum Abschied eine Literflasche feinster Künstlertusche, genug für wenigstens vier Millionen Pünktchen.

»Wann kommst du wieder?« fragte sie.

»Keine Ahnung.«

»Schreib mal 'ne Karte.«

6

Zunächst wohnte ich im Park Savoy in der 58. Straße, einem Hotel der unteren Komfortkategorie, dessen Name mehr Pracht verheißt, als es zu bieten in der Lage ist. Ich steige immer in preisgünstigen Hotels ab, da ich ihrer nur während der Nachtruhe bedarf, wenn ich das Zimmer und seine Einrichtung ohnedies nicht sehe. Hätte ich als wohlhabender und kultivierter Mensch zu Anfang des 20. Jahrhunderts gelebt, wäre ich zweifellos Gast jener stuckbeladenen Herbergen gewesen, die man nur im Maßanzug und mit handgewobener Künstlerkrawatte zu betreten pflegte, Treffpunkte einer aus Adeligen des Blutes und des Geistes komponierten Elite, Schauplätze mit behutsamer Stimme geführter Konversationen auf höchstem Niveau, gelegentlich unterbrochen von der anzüglichen Bemerkung einer Baronin, einer Spöttelei, nur Eingeweihten verständlich und gefolgt von unaufdringlichem Gelächter, gedämpft durch an die Lippen gepreßte Seidentüchlein. In dieser Welt hätte ich mich gerne bewegt, ich, der Verfasser dezent pikanter, aber keineswegs oberflächlicher Gesellschaftsromane. Von verschwiegenen Zimmerkellnern überreichte Billetts fädeln Beziehungen ein, deren Folgen erst im zweiten und dritten Band der geplanten Trilogie in ihrer ganzen Tragweite entfaltet werden.

Wie in allen amerikanischen Hotels der gemäßigten Preisklasse gab es auch im Park Savoy keine Möglichkeit zu frühstükken. Ich ging jeden Morgen zu dem Deli nahe der Siebten Avenue, holte mir ein Eiersalat- und ein Thunfischsalatsandwich und ließ mir einen Pappbecher mit dem vollfüllen, was man in den USA unter Kaffee versteht. Die Sandwiches und der Becher wurden zusammen mit einem Talon Papierservietten, Zucker-, Salz-, Pfeffer- und Senftütchen, mit Trinkhalmen, Gutscheinen, Reklamezetteln und einem Glückskeks in eine Tüte gepackt. Ich trug die Tüte in mein Zimmer, breitete ein Handtuch über meine Knie, ein zweites knotete ich mir um den Hals, damit ich vom Kinn abwärts vollständig geschützt war, eine notwendige Maßnahme, da beim ersten Biß in einen der überquellenden Doppeldecker eine breiige Eier- oder Thunfischfontäne über mich und bis in die entferntesten Winkel des Zimmers sprengte. Zum Abschluß der Mahlzeit brach ich den Glückskeks entzwei und las die auf ein Papierfähnchen gedruckte chinesische Spruchweisheit: *Wer Fußball spielen will, soll keinen Luftballon kaufen.* Oder: *Nur wenn du Leim im Hause hast, kannst du die zerborstene Vase kleben.* Oder: *Hörst du die Nachtigall nicht schlagen im Hain, geh zum Ohrenarzt.* Irgendwo in Chinatown mußte es einen Kollegen geben, der sich mit dem Verfassen dieser Aphorismen über Wasser hielt.

Nach dem Frühstück werde ich umquartiert. Es gehört zu den Eigentümlichkeiten dieses Hotels, daß jeder Gast jeden Tag ein anderes Zimmer zugewiesen bekommt. Das hänge mit dem Computer zusammen, hatte mir Miodrag, einer der zahllosen Manager des Hotels, erklärt. Buche ein Gast im voraus, teile das vollautomatische Computerprogramm diesem Gast ein bestimmtes Zimmer zu, aber immer nur für eine Nacht, weswegen der Gast, der für den nächsten Tag buche, das scheinbar frei gewordene, in Wirklichkeit jedoch belegte Zimmer reserviere, so daß der erste Gast das Zimmer für den zweiten Gast räumen müsse, andernfalls würde man bald überhaupt nicht mehr durchblicken. Ganze Armeen von Computerfachleuten habe man bereits bemüht, Unsummen investiert, um das vollautomatische Programm tauglicher zu gestalten, nichts habe geholfen, und die Mechaniker versicherten, so etwas von starrsinniger Software sei ihnen noch nicht untergekommen. Am besten, man würde wieder die alten Kontorbücher einführen, aber dann hätte man den Computer umsonst gekauft.

Miodrag ist mein Freund. Wenn ich abends von meinen Streifzügen durch die Stadt wieder ins Hotel komme und er Dienst hat, bleibe ich am Empfangstresen stehe und wir unterhalten uns. Zuvor entnimmt er dem Tresor zwei Schnapsgläser und eine Flasche Slibowitz und schenkt uns ein. Obwohl er noch jung ist, erzählt er gerne von der Vergangenheit. Ratenweise erfahre ich seine Lebensgeschichte, für die Chronologie muß ich alleine sorgen.

Miodrag ist Jugoslawe, Sohn eines armen Ziegenzüchters und dessen noch viel ärmerer Frau. Der Vater kam auf keinen grünen Zweig, da die jugoslawischen Ziegen in kürzester Frist das Weideland ganzer Täler kahlfraßen, doch keinerlei Fett ansetzten und noch in ihrer besten Zeit so mager waren, daß sie wie Röntgenaufnahmen ihrer selbst aussahen. In Amerika ist alles größer, hatte der Vater sich berichten lassen, also auch die Ziegen, wie er annahm. Er ließ sich zum Bürgermeister seines Dorfes wählen, verkaufte nach zwei Jahren die Ziegenherde, räumte die Gemeindekasse leer und erwarb für sich, seine Frau und den kleinen Miodrag Schiffspassagen in die Neue Welt. Das Gepäck war spärlich, dennoch führte man ein Kunstwerk mit sich, eine ostereierbunte Ikone, die einen Heiligen darstellte, nur welchen, das wußte niemand zu sagen, und es hat oft Streit in der Familie darüber gegeben. Der Heilige hielt die Hand erhoben, kleiner und Ringfinger nach innen abgeknickt, Zeige- und Mittelfinger senkrecht empor, aber aneinandergelegt und nicht V-förmig wie Richard Nixon. Der Kopf war zur Seite geneigt, wie auf allen Darstellungen von Heiligen. Um Heiliger zu werden, meinte

Miodrag, müsse man wohl mit schiefem Kopf auf die Welt kommen.

Von New York schlug sich die Familie nach Montana durch, wo die Ziegen tatsächlich gehörig größer als in den Balkangebieten waren. Allerdings hatte der Vater nicht bedacht, daß der fernwestliche Bedarf an Ziegenfleisch, Ziegenmilch und -käse in diametralem Gegensatz zu Umfang und Gedeihlichkeit seiner neuen Tiere stand. Miodrag hatte es satt, ständig hungern zu müssen, verließ an einem Wochenende, nachdem die Eltern zu Bett gegangen waren, die einsame Blockhütte, und zurück ging es nach New York, wo er als Schuhputzer, Tellerwäscher und Liftboy arbeitete und schließlich eine Anstellung im Park Savoy fand, dessen glücklicher Vizemanager er heute ist.

Ich fragte mich, wann Miodrag Lesen und Schreiben gelernt hatte. Auf seiner Wanderung von Montana an die Ostküste war er durch dreizehn Staaten gekommen – das war der direkteste Weg, ich hatte auf einer Landkarte nachgesehen – und vielleicht hatte er in jedem Staat ganz kurz eine Grundschule besucht und jedesmal zwei neue Buchstaben gelernt.

»Die Arbeit macht Spaß«, sagt er, »wenn bloß dieser verdammte Computer nicht wäre. Die Gäste machen mir die Hölle heiß, beschweren sich pausenlos, obgleich ich ihnen versichere, daß dies die einzige Möglichkeit sei, jeden Tag in einem frisch bezogenen Bett zu schlafen.«

Zum Ausgleich für die täglich zu erduldenden Unannehmlichkeiten müsse man der Kundschaft etwas Einmaliges, etwas Beispielloses bieten.

»Hast du eine Idee?« fragt er.

»Im Moment nicht«, sage ich.

»Laß uns nachdenken. Ich habe nie in meinem Leben in einem Hotel geschlafen«, gesteht er, »sogar in diesem nicht. Was gibt es in europäischen Hotels, das es in den hiesigen nicht gibt?«

»Einen Frühstücksraum«, sage ich.

»Einen was?«

Ich erkläre ihm diese segensreiche Einrichtung. Ich erkläre ihm auch, daß in den meisten europäischen Hotels für ein Frühstück, bestehend aus einer Tasse Kaffee, zwei steinharten Semmeln, fünfzig Gramm Butter und einem Klacks Marmelade, die wie gezuckerte Wagenschmiere schmeckt, ein Preis gefordert und anstandslos bezahlt werde, dessen Gewinnspanne bei gut fünftausend Prozent liege und diejenige der Übernachtungskosten mithin bei weitem übertreffe.

Miodrag blickt mich an wie eine Marienerscheinung.

»Ein Frühstücksraum«, wispert er. »Das ist es!«

Er hängt das in der Geschichte des Hotels noch nie benötigte Schild *No vacancy* in das Fenster der Eingangstür, sperrt von innen zu und geht mit mir zum Lift.

»Wir suchen gleich einen Raum aus«, sagt er.

»Parterre«, schlage ich vor.

»Im Parterre sind nur der Flur und der Empfang«, sagt Miodrag.

»Bleibt die erste Etage«, sage ich.

Wir sehen uns einige der etwas größeren Doppelzimmer an.

»Was meinst du?« fragt Miodrag. »Wie viele Tische gehen da rein?«

»Drei«, sage ich, »mit je vier Stühlen.«

»Das reicht vorerst. Wir sind nie ausgebucht, und die Gäste müssen sich erst an diese Neuerung gewöhnen. Später kann man dann immer noch eine Wand durchbrechen.«

»Du bräuchtest natürlich noch eine Frühstücksküche«, gebe ich zu bedenken.

»Eine Küche?!« ruft Miodrag. »Wozu braucht man eine Küche für eine Tasse Kaffee und zwei verschrumpelte Croissants?«

»Und Cornflakes und Obstsalat und Rührreier«, sage ich, »sonst gibt es gleich wieder Ärger mit den Gästen.«

»Es braucht nicht alles vom ersten Tag an perfekt zu sein. Laß die Dinge sich langsam entwickeln, sie müssen von selbst ausreifen.«

»Wie du meinst.«

»Brauchst du einen Job?« fragt Miodrag.

»Ein Teilzeitjob wäre nicht schlecht«, sage ich, »wenn mir genügend Zeit und Muße bleibt, meinen Roman zu schreiben. Willst du mich als Frühstücksdirektor engagieren?«

»Heißt das so? Genau das meine ich. Wie wär's? Das Bett hier schenke ich dir für deine neue Wohnung. Den Sessel und die Kommode ebenfalls.«

»Vergiß das Bett und den anderen Kram«, sage ich. »Gib mir lieber ein Zimmer im obersten Stockwerk – nach hinten raus, die 58. Straße ist nicht gerade leise – und stell mir einen Schreibtisch rein. Die Miete verrechnen wir mit meinem Gehalt.«

»Einverstanden«, sagt Miodrag.

»Leider gibt es ein Problem«, sage ich.

»Und das wäre?«

»Ich stehe nicht gern früh auf. Die Schule war mir verhaßt – Mathematik, Physik, Chemie, alles ein Greuel – doch am schlimmsten war, immer kurz nach Mitternacht aufstehen zu müssen. Wenn ich nicht ausschlafen darf, verkümmere ich körperlich und seelisch. Das ist einer der Gründe, warum ich Schriftsteller geworden bin, aber nicht der einzige.«

Ich muß an meinen Banküberfall denken – eine Verhaftung fürchte ich vor allem, da der zu erwartende Prozeß schätzungsweise eine Woche dauern und jeden Tag um neun Uhr vormittags stattfinden würde.

»Wann gehst du zu Bett?« fragt Miodrag.

»Um sechs in der Früh.«

»Dann bleibst du einfach auf«, sagt Miodrag, »servierst ein paar Frühstücke und haust dich danach aufs Ohr.«

»Da wäre noch etwas«, sage ich. »Zu später Stunde, während ich an meinem Roman arbeite, trinke ich mehrere Liter Bier. In anderen Worten, schon vor Sonnenaufgang entströmt mir eine penetrante Fahne, die den Gästen den Appetit verschlagen würde.«

»Du darfst nur nicht reden«, sagt Miodrag, »nimm die Bestellungen stumm und mit zusammengepreßten Lippen entgegen, ebenso servierst und kassierst du. Zusätzlich zu deinem Gehalt wirst du jede Woche eine Familienpackung Pfefferminzpastillen erhalten, alles klar?«

»Ich möchte noch nicht gleich zusagen, laß mir ein paar Tage Zeit.«

»Du bist für den Einkauf der Lebensmittel verantwortlich, für den reibungslosen Ablauf der Frühstückszubereitung und so weiter. Abzuspülen brauchst du nicht, das können die Stubenmädchen übernehmen.«

»Miodrag, ich muß mir das überlegen.«

»Morgen räume ich mit meinen Kumpels das Zimmer leer, darauf werden die Wände gestrichen, dann kommt ein neuer Teppichboden rein, nein, besser Linoleum, ist leichter sauberzumachen. Am Freitag ziehen wir los und suchen die Möbel aus. Da gibt es hübsche Läden in der Bowery. Auf die Tische müssen Vasen mit Blumen, Plastikblumen, ist praktischer. Leichte Polyestervorhänge wegen des gedämpften Lichts. Wandschmuck, beinahe hätte ich den Wandschmuck vergessen, der ist wichtig für die Atmosphäre. Mein Großvater hat immer gesagt, ich habe gar nichts gegen den Krieg, wenn er nicht die ganze Atmosphäre versauen würde. Gerahmte Kunst, das ist ein Punkt, an dem nicht gespart werden darf. Keine billigen Drucke, Originale müssen her. Was machen wir da? Ich glaube, die Schwester meiner Freundin malt. Das wird der erste Auftrag ihres Lebens.«

Mein erster Frühstücksgast war ein vierschrötiger Herr aus der Lederbranche, der zu einem Kongreß angereist war und nach Spiegeleiern auf Schinken verlangte. Wegen meines hopfenhaltigen Mundgeruchs begab ich mich von seinem Tisch so weit fort wie möglich, ehe ich sagte: »Das dauert einen Moment.«

Ich ging runter zum Empfang.

»Miodrag, mein erster Gast ...«

»Glückwunsch.«

»Von wegen Glückwunsch. Er hat Spiegeleier mit Schinken bestellt. Jetzt weißt du, wie die Dinge sich entwickeln.«

»Lauf vor zum Deli und kaufe eine Packung Billigschinken und ein halbes Dutzend Eier«, sagte Miodrag.

»Und wie soll ich das Zeug braten? Wir haben keine Kochplatte, wir haben keine Pfanne.«

»Beides gibt es auf der Fünften Avenue«, sagte Miodrag. »Am preiswertesten sind die Inder. Heb den Garantieschein auf, und jetzt laß mich in Ruhe, ich bin am Durchdrehen.«

Das stimmte. Der *Breakfastroom* war das ehemalige Zimmer Nummer 12, das der Computer weiterhin für Gäste reservierte, so daß diese umziehen mußten, noch bevor sie eingezogen waren und am folgenden Tag den neuen Gästen das Zimmer zugeteilt werden konnte, in das die Gäste aus dem Zimmer, das sie statt des Zimmers Nummer 12 bezogen hatten, hätten ziehen sollen. Miodrag verfluchte die Stunde, in der er das Licht der Welt erblickt hatte, während die Gäste, ihrer Zimmer verwiesen, mit viel Gepäck durch die Flure irrten, die Stubenmädchen um ein Quartier anflehten, worauf diese über Haustelefon Verbindung zu Miodrag aufnahmen und um Direktiven baten, die er vergeblich von dem arglistigen Computer erhoffte.

Mein zweiter Gast war eine Frau. Ich war nun besser ausgerüstet. Einen der drei Tische hatte ich an die Wand gestellt, um eine Arbeitsfläche und einen Platz für die zweiflammige Kochplatte, die Kaffeemaschine und den Toaster zu haben, den die Freundin Miodrags vor einigen Jahren bei einem Preisausschreiben gewonnen hatte. Neben dem Tisch stand ein gebrauchter Kühlschrank, bestückt mit Eiern, Schinken, Milch, künstlichem Orangensaft, Scheibenkäse, Salami (*italian style*), Honig, Marmelade und Ketchup. Es waren also noch zwei Frühstückstische übrig; der hintere bildete die Nichtraucherzone. Ein schwarzer Anzug und eine über dem linken Unterarm hängende Stoffserviette verliehen mir ein professionelles Aussehen. Wurde ein weichgekochtes Ei bestellt, gab ich stets zwei Eier ins Wasser; war das erste zu weich, entnahm ich dem Topf das zweite, das dann in aller Regel die richtige Konsistenz hatte. War das erste jedoch zu hart, fing ich noch einmal von vorne an, ließ aber das ursprünglich zweite Ei vollends hart werden, um es später für die Zubereitung meines beliebten *Eiersalats à la Prinz Philip* zu verwenden. Nur ein zu weiches und aufgeklopftes Ei war nicht mehr zu gebrauchen, nicht weiter tragisch, da ich mich als halber Amerikaner fühlte und die Amerikaner Mitglieder einer typischen Wegwerfgesellschaft sind.

Als besonders angenehm empfunden wurde, daß es im Frühstückszimmer keine Musik gab, man ungestört von Rock und Hitparaden die Mahlzeit genießen konnte. Hingegen lag eine Zeitung aus, eine eher europäische Sitte. Aus Kostengründen stand nur ein einziges Exemplar zur Verfügung. Wollten sich nun, wie es das Unglück zuweilen wollte, mehrere Gäste gleichzeitig über das internationale Geschehen informieren, lehnte ich mich gegen meinen Arbeitstisch und las ihnen aus der *New York Times* vor, wenn auch nur die Headlines und kürzeren Artikel, da der gastronomische Service nicht unter dem nachrichtendienstlichen leiden durfte.

Wie gesagt, mein zweiter Gast war eine Frau. Ich erinnere mich noch daran, weil während des ersten Monats meiner Tätigkeit als Frühstücksdirektor lediglich zwei Personen meine Dienste in

Anspruch genommen hatten, zählt man den Herrn dazu, der Spiegeleier mit Schinken bestellt, doch nie erhalten hatte. Die Frau war überaus mitteilsam, sprach aber, obwohl sie forsch und flink Toastbrote aß, nie mit vollem Mund. Sie stammte aus Portland, Oregon, war zum ersten Mal in New York und hatte die lange Reise gemacht, um ihren Zwillingsbruder zu besuchen, der sie aber weder am Flughafen abgeholt hatte, noch telefonisch erreichbar, noch zu Hause gewesen war.

»Vielleicht hat ihn beim Joggen der Herzschlag getroffen«, sagte sie, »vielleicht ist er ermordet worden, vielleicht hat er mich einfach vergessen.«

Sie orderte zusätzlichen Toast, mehr Butter, Käse und Wurst und ein zweites weiches Ei, es war unglaublich, was diese Dame verdrücken konnte. Dabei war sie nicht einmal dick.

»Eigentlich kostet das extra«, sagte ich, »aber da Sie mich an eine ehemalige Freundin erinnern, will ich ein Auge zudrücken.«

»Gießen Sie noch etwas Kaffee nach, bitte.«

Ich war so nervös, daß ich die Hälfte verschüttete.

»Tut mir leid«, sagte ich und breitete meine Serviette über die Flecken.

»Gehe ich recht in der Annahme, daß Sie kein Profikellner sind, das hier nur aushilfsweise machen?«

»Das trifft's ziemlich genau«, sagte ich. »Dabei geht es mir weniger ums Geld als um eine neue Erfahrung; von Beruf bin ich Schriftsteller.«

»Leihen Sie mir mal eines Ihrer Bücher?«

»Ich würde es Ihnen sogar schenken, wenn schon etwas von mir erschienen wäre. Da fällt mir etwas ein!«

»Was?«

»Meine Kiste. Die Kiste mit den Manuskripten. Ich hatte mal meine Wohnung untervermietet, da ich etwas Zeit in Kalifornien verbringen durfte. Meine Habseligkeiten sind bei einem Malerfreund im East Village untergestellt. Das meiste ist kaum der Rede wert, einige Bücher und Kleidungsstücke, wichtig ist allein die Kiste. Ich muß sie abholen, heute noch.«

»Wenn ich Ihnen helfen kann …«

Ein Künstleratelier, zumal wenn es im East Village liegt, stellt man sich ein wenig schludrig vor, eher einer genialen Müllkippe als einer herkömmlichen Wohnstätte gleichend. Um so größer war das Erstaunen, wenn man Harrys Atelier zum ersten Mal betrat. Ein Operationssaal war ein Schweinekoben dagegen. Harry war ein Vertreter der konstruktivistischen Schule und verabscheute jede Form von Unordnung; es verdarb ihm nachhaltig die Laune, wenn Bücher, Zeitschriften oder Briefe nicht genau parallel zur Tischkante lagen, wenn Bleistifte und Pinsel nicht der Größe nach geordnet waren. Meine Mutter hätte ihn geliebt. Dabei war Harry ein durchaus lässiger Typ, ein vergnügter Mensch, der das Leben zu genießen verstand. Freundlich begrüßte er uns, als wir bei ihm auftauchten, meine gefräßige Frühstücksdame namens Carolyn und ich.

Auf der Staffelei stand eine sorgsam grundierte, ansonsten leere Leinwand.

»Ich bin dabei, die Schwelle zu einer neuen Schaffensperiode zu überschreiten«, erklärte er. »Malewitsch, das schwarze Quadrat, das weiße Quadrat, schön und gut, aber was kommt danach? Wie ist es möglich, noch weiter zu beschränken, zu abstrahieren?«

»Eine harte Nuß«, räumte ich ein.

»Seit meinem sechsten Semester habe ich darüber nachgegrübelt«, sagte Harry. »Die Lösung ist erstaunlich einfach, wie so oft im Leben. Malewitsch hat die zweite Dimension, die Fläche, auf ihr Wesen reduziert, stimmt's? Was ist die zweite Dimension? Eine unendliche Anzahl von Linien. Die dritte Dimension ist folglich eine unendliche Anzahl von Flächen.«

»Und was ist dann die erste Dimension?« fragte Carolyn.

»Eine Linie«, erläuterte Harry, »also eine unendliche Anzahl von Punkten. Das ultimative abstrakte Bild ist daher nicht, wie man bislang meinte, ein Quadrat, sondern ein Punkt, kein Kreis wohlgemerkt, ein winziger Punkt auf einer völlig neutralen Fläche.«

»Harry«, rief ich, »ich weiß eine Frau für dich.«

»Vielen Dank«, sagte er, »kein Interesse. Solange Arbeits- und Wohnbereich unter einem Dach sind, kann ich hier niemanden gebrauchen. Eine Frau würde zu viel Unordnung verursachen. Wenn sich meine Bilder durchgesetzt haben und ich mir neben dem Atelier ein Apartment leisten kann, darf ich wieder an die Freuden liebestoller Zweisamkeit denken.«

»Und bis dahin willst du leben wie ein Mönch?«

»Nicht mehr lange«, versicherte Harry, »weil ich endlich eine schlüssige Theorie habe. Wenn die Theorie stimmt, stimmen auch die Bilder. Dann stellt sich der Erfolg von ganz alleine ein.«

»Du hast deine Theorie auf den Punkt gebracht«, versuchte ich eine scherzhafte Bemerkung.

»Ich erwäge sogar, die Fenster des Ateliers zumauern zu lassen«, sagte Harry, »damit ich von dem Blick auf die Häuser und den Himmel nicht von der Reinheit meiner künstlerischen Intentionen abgelenkt werde. Nehmt Platz, ich hole etwas zu trinken.«

Er brachte ein Tablett mit drei Gläsern und einer Flasche uralten französischen Rotweins, nur auf Auktionen und nicht im normalen Handel erhältlich. Kein Zweifel, eine besondere Ehre, allein der Anwesenheit Carolyns zu verdanken, die er, sobald er eingeschenkt hatte, nach Herkunft und beruflicher Tätigkeit befragte. Auf diese Weise erfuhr ich, daß Carolyn freischaffende Grafikerin war, deren einziger Kunde, ein Karamelbonbonfabrikant, sie am Leben erhielt, indem er sie unablässig beauftragte, neue Entwürfe für Einwickelpapiere seines Erzeugnisses zu liefern. Da er den Weltmarkt zu erobern trachtete, war der Mentalität arabischer, lateinamerikanischer und orientalischer Käuferschichten Rechnung zu tragen. Die größte Schwierigkeit dabei sei, daß für ihre in Originalgröße einzureichenden Entwürfe nur unwahrscheinlich wenig Platz zur Verfügung stehe, ein Viertel der Fläche einer Briefmarke, die winzigen Karamelbonbons müsse man nämlich einzeln verpacken, da man sie wegen ihrer klebrigen Beschaffenheit nicht nackt eintüten dürfe.

Harry lauschte ihren Ausführungen mit Anteilnahme, dann wandte er sich mir zu.

»Ihr Schriftsteller«, sagte er, »hinkt der Malerei naturgemäß hinterher, ohne die geringste Chance, jemals gleichziehen zu können, weil ihr nicht minimalisieren, bis zur letzten Konsequenz vergeistigen könnt, wie ich mit meinen demnächst entstehenden Punktgemälden. Ein Buch muß man füllen, da hilft nichts. Ein Buch, das nur einen Buchstaben enthält, würde vermutlich keinen Verleger finden. Also fleißig Seite um Seite füllen, was bleibt euch anderes übrig? Ist dein Roman endlich fertig?«

»Darum bin ich hier«, sagte ich. »Ich möchte die Kiste mit den angefangenen Manuskripten abholen.«

»Getreulich aufbewahrt in der Kammer neben der Küche«, sagte Harry.

Wir holten die Kiste und den Koffer, brachten beides ins Park Savoy. Am Nachmittag begleitete ich Carolyn zum Flughafen.

Genaugenommen, lebt ein Roman von seinen Haupt- und Nebenfiguren. War man von einem epischen Werk beeindruckt, erinnert man Jahre später noch den Protagonisten und einzelne Personen, während die Handlung Stück um Stück in den Nebeln progressiver Gedächtnisschwäche versunken ist. Das wurde mir klar, als ich eines Morgens damit beschäftigt war, ein Omelett für eine übellaunige Touristin zu fertigen. Meine Tätigkeit als Frühstücksdirektor empfand ich schlagartig nicht länger als würdelos, sondern als willkommene Bereicherung eines literarisch verwertbaren Erfahrungsschatzes. Mein Bekanntenkreis in Amerika war klein: Melanie, Paul, Harry und Miodrag. Mit Melanie hatte ich keine Verbindung mehr, Harry sah ich selten, da man in seiner Gegenwart nie das Gefühl loswurde, ihn von der Arbeit abzuhalten, Paul aufzusuchen, schien mir nicht ratsam, Miodrag war mir sympathisch, doch innerlich fremd. Meine Frühstücksgäste, vor allem, wenn ich sie öfter bewirtete und mit ihnen ins Gespräch kam, waren eine belletristische Fundgrube, sagte ich mir. Da es mir nicht vergönnt war, meine Gäste näher kennenzulernen, zum Kern ihres Wesens vorzudringen, würde ich gezwungen sein, mehrere Personen zu einer zu verschmelzen. Das hat Dostojewskij auch getan. Umgekehrt ist es natürlich nicht ausgeschlossen, aus einer Person drei zu machen; dann muß man aber diese eine Person wirklich bis in die feinsten Verästelungen ihrer Seele erfaßt haben. Nach Lage der Dinge war für mich die erstgenannte Methode geeigneter.

In meinem Zimmer im Park Savoy schrieb ich jeden Abend Notizen in eine eigens zu diesem Zweck erworbene Kladde. Ich sammelte Gäste wie Briefmarken.

5. Gast: Wellblechproduzent aus Texas. Dick, muskulös, verquollen, zu hoher Blutdruck. Gleicht einer Fleischtomate mit Cowboyhut. Hustet, schmatzt, schneuzt sich in die Serviette. Lieblingsschauspieler wahrscheinlich John Wayne. Hinterläßt großzügiges Trinkgeld ($ 4).

11. + 12. Gast: Ehepaar mittlerer Jahre. Abteilungsleitertyp und humorlose Hausfrau. Unauffällige Kleidung. Menschen, deren Aussehen man vergessen hat, sobald sie aus der Tür sind. Freundlicher, behutsamer Umgang miteinander. Er fängt jeden Satz mit ›well‹ an. Wären sie Deutsche, wüßten sie das genaue Datum der Fälligkeit ihres Bausparvertrags zu nennen. Gibt es hier so etwas?

Erst eine Handvoll lebensnaher Figuren, dann die Handlung. Der Laie geht davon aus, daß die Autoren umgekehrt verfahren. In Wirklichkeit weiß niemand, wie ein Erzähler vorgeht. Da hat jeder seine eigene Technik. Der ein oder andere legt möglicherweise zuerst die Schauplätze fest. Er macht in den Ferien eine Wanderung, ist von einer gebirgigen oder flachen Landschaft beeindruckt und denkt: ›Wie wär's, wenn zwei junge Menschen hier einander begegneten und sich verliebten?‹ Ein paar Tage später besichtigt er eine im Reiseführer dringend empfohlene Kirche und erwägt: ›Hier könnten die beiden eigentlich heiraten.‹ Schon keimt eine Geschichte, eine Handlung auf, er braucht jetzt nur noch die geeigneten Personen.

21. Gast: Computerfachmann. Jung, dynamisch, laut. Ist in New York, um bei einer Reihe Firmen Einstellungsgespräche zu führen. Gepflegt, tadelloser Anzug, aggressives Rasierwasser, das Energie und Entschlossenheit suggerieren soll. Kaut seinen Toast nicht, vernichtet ihn. Liest im *Wall Street Journal.*

24. Gast: Betagte Witwe aus Oklahoma. Brillanten, millimeterdicker Lippenstift, violette Kleidung aus dem Fundus eines Operettentheaters, Perücke wie ein Nest streitsüchtiger Vögel. Sucht eine Wohnung in New York und eine Grabstätte für ihren dahingegangenen Mann. Hat bereits in neunzehn Staaten gewohnt, hält es nirgends lange aus, zieht mit unermüdlicher Leidenschaft um, aber nie ohne den Sarg mit den ehelichen Gebeinen. Schwieriger oft, als ein Apartment oder Haus ist eine keineswegs letzte Ruhestätte für den toten Gemahl zu finden.

»Kennen Sie sich aus mit New Yorker Friedhöfen?« fragt sie.

»Leider nein. Der größte ist in Brooklyn.«

»Er haßte diese Umzieherei«, verrät sie, »immerzu gab es Zankerei. Jetzt kann es ihm ja egal sein. Klingt herzlos, ist es aber nicht, im Gegenteil. Ich besuche jeden Sonntag sein Grab, um zu beten. Das gibt mir Kraft. Andere gehen in die Kirche.«

69. Gast: Für mich nannte ich sie anfangs ›die rote Lola‹ wegen ihrer karottenroten Haare.

»Hast du mal ein Streichholz?« fragte sie und schraubte den Salzstreuer auf, in den sie ein Dutzend Räucherstäbchen stellte. »Ich kann nur essen, wenn ich … oh, Gott, wo ist mein Paß?« Sie durchwühlte ihre Handtasche von den Ausmaßen eines Rucksacks. »Ist egal, wird sich finden. Nein, hier ist er.«

Sie war geradewegs aus Indien gekommen.

»In Goa hatte ich endlich meinen Traumguru gefunden, dachte ich. Pustekuchen! War nur scharf auf mich, hat mich mit Rauschgift vollgepumpt, irgend so'n Zeugs, weiß nicht mal, was es war. Und die Folge? Erinnerungslücken, aber massiv. Ich habe vergessen, wo meine Eltern wohnen.«

»Wird dir bestimmt wieder einfallen«, sagte ich. »Lies doch einfach mal langsam das Ortsverzeichnis in einem Autoatlas.«

»Da wäre ich einen ganzen Tag lang beschäftigt.«

»Eine ziellose Suche könnte zeitraubender sein.«

Sie biß in ihr Marmeladenbrot.

»Schmeckt grausam«, sagte sie, »bin gespannt, ob ich mich jemals wieder an diesen Zivilisationsfraß gewöhne. Du hast nicht zufällig etwas Hirsebrei da?«

»Zufällig nicht.«

Die rote Lola hieß Queenie und zog noch am selben Tag bei mir ein. Miodrag sah es nicht gerne, konnte aber nichts machen.

Man braucht gute Nerven, um mit einer Frau wie Queenie ein Zimmer zu teilen; man darf es mit seiner Ordnungsliebe nicht übertreiben und muß sich den Vorwurf gefallen lassen, intolerant und spießig zu sein, wenn man den Gestank von Räucherstäbchen nicht verträgt; man hat Referate über sein Karma und die satanischen Auswirkungen des Alkohols hinzunehmen, braucht aber nicht unbedingt zuzuhören. Sind ihre Predigten ein Zeichen liebevoller Besorgnis?

Wenn Queenie nicht in den Koffern, Kartons und Beuteln, aus denen ihr Reisegepäck bestand, nach Haschisch, Geld, den Beruhigungsdragees oder Strumpfhosen suchte, schrieb sie an ihrem Buch, einer Sammlung von Denksprüchen und Gedichten, Essenz einer dornenreichen Selbstfindung auf dem indischen Subkontinent. Sie ging früh zu Bett, störte mich nicht bei meiner Arbeit, erhob sich nur zuweilen, um hustend und vorwurfsvoll das Fenster zu öffnen. Dann zogen die nebelgrauen Schwaden des Zigarettenqualms in die Nacht hinaus, verloren sich in den Straßenschluchten und zwischen den Wolkenkratzern. Ich schloß das Fenster nach wenigen Minuten, rauchte und dichtete weiter, schließlich war das nicht ihr Zimmer, eine Haltung, die mein Gefangensein in rückständigen Normen unterstrich.

Nach einer Woche hatte sich Queenie wieder an Cornflakes, Erdnußbutter und Doughnuts gewöhnt, nicht aber an den Verkehrslärm einer Großstadt.

»Wie soll man bei diesem Getöse meditieren?« klagte sie.

»Ich dachte, beim Meditieren kann man die Umwelt vollständig ausschalten«, sagte ich.

»Das gelingt einem erst, wenn man die sechste Stufe erreicht hat«, unterrichtete mich Queenie. »Ich hab es vorläufig nur bis zur vierten gebracht. Das geht nicht von heute auf morgen.«

»Wie viele Stufen gibt es?«

»Zehn«, sagte Queenie. »Bei der achten kann man auf dem Fußboden liegen und sich aus eigener Kraft schwebend in die Luft erheben.«

»Wie hoch?«

»Kommt drauf an – in Stuhlhöhe mindestens.«

»Hast du das mal gesehen?«

»Schon oft.«

»Was ist dann wohl alles bei der zehnten Stufe möglich?« wollte ich wissen.

»Da kann man gleichzeitig an zwei Orten sein.«

»Ich könnte also alleine eine Bank überfallen – drinnen die Piepen kassieren und draußen Schmiere stehen.«

»Blödmann«, sagte sie.

»Muß auch großartig für Ehebrecher sein, man liegt seelenruhig in New York neben seiner Frau im Doppelbett, während man in Philadelphia seine Freundin vernascht.«

»Hör auf!« rief Queenie.

Sie war jetzt ernstlich böse. Die zehnte Stufe, genau was ich brauchte. Eine Simultanbiografie würde nicht nur eine turbulente Story abgeben, sondern meinem Werk auch jene erstrebenswerte Form verleihen, um es in die erste Reihe der Avantgardeliteratur zu katapultieren. Ich hatte keine Lust, nach Indien zu reisen. In Amerika gab es Gurus zuhauf; sicher bot jemand eine Art Intensivkurs zur Erreichung der zehnten Stufe an. Ich wagte nicht, Queenie danach zu fragen.

Eins mußte man ihr lassen, nachtragend war sie nicht. Eben noch wütend auf meine lästerlichen Reden, zog sie mich an ihren mageren Körper, umarmte mich und flüsterte: »Warum kommst du nicht mit?«

»Wohin?«

»Meine Eltern suchen.«

Warum eigentlich nicht?

Ein paar Monate oder Jahre durch die USA streifen, um Vater und Mutter einer irren Tochter, die die vierte Stufe erreicht hatte, zu finden, gäbe das Material zu einem brauchbaren Tagebuch-, Liebes- oder Entwicklungsroman ab. Wir dürften bloß nicht das Pech haben, die Eltern bereits nach wenigen Tagen aufzutreiben.

Ich stelle mir vor, wie ich wehmütig in den Rückspiegel blicke, die New Yorker Skyline hinterm Horizont versinken sehe. Bis unters Dach ist der Gebrauchtwagen mit Queenies Gepäck vollgestopft. Vor unserer Abfahrt hatte sie noch eingekauft, als gäbe es im Rest der Nation kein einziges Geschäft mehr – Kleider, Schuhe, Kosmetika, Hüte, Schals, Kämme, Broschen, Kräutershampoos und bergeweise Nahrungsmittel. Sie füttert mich mit Sandwiches, Obst, Nüssen und Schokoriegeln; Kaffee kaufen wir bei den Tankstellen, an denen wir alle zweihundert Meilen vorfahren müssen, da der Benzinverbrauch der Limousine gewaltig ist. Kurz hinter Allentown, Pennsylvania, müssen wir uns entscheiden, ob wir in nördlicher, südlicher oder geradeaus in westlicher Richtung weiterfahren sollen. ›Hast du nicht wenigstens eine ungefähre Vorstellung von der geographischen Lage deines Heimatortes?‹ frage ich Queenie. – ›Nein‹, antwortet sie. Ich bitte sie, ihr Gedächtnis zu bemühen. ›Wie waren die Winter? Eisig kalt, Schneemassen, Glatteis oder eher mild oder gar sommerlich warm?‹ – ›Mal so, mal so.‹ – ›Habt ihr einen Garten?‹ – ›Mein Vater ist ein leidenschaftlicher Hobbygärtner, seine Lieblingsbeschäftigungen sind Rasen mähen und Unkraut rupfen.‹ – ›Ausgezeichnet. Und was wächst in eurem Garten? Winteräpfel, Zitronen?‹ – ›Rhabarber‹, sagt Queenie. – ›Der wächst überall.‹ – ›Ist es nicht wunderbar, daß Gott Pflanzen geschaffen hat, an denen sich alle Menschen erfreuen können!‹ – Ich wende, fahre ins Zentrum von Allentown, parke, suche einen öffentlichen Fernsprecher, rufe das *Institute of Biological Research* (IBR) der Columbia University New York an, lasse mich mit einem naturkundlich kompetenten Professor verbinden und frage, wo es den meisten Rhabarber in den USA gibt. Er weiß es nicht. Ich hänge ein, gehe zum Auto, setze mich hinters Steuerrad und fahre weiter – nach Westen, immerzu nach Westen, wie die Siedler und Glückssucher vor hundertfünfzig Jahren. Doch Ausdauer und beharrliches Streben in ein und dieselbe Himmelsrichtung bringen in diesem Fall nichts. Wir müssen das Problem anders anpacken. In jeder Stadt, in jedem Kaff werden wir ab sofort anhalten, das örtliche Telefonbuch konsultieren und alle verzeichneten Leute mit

Queenies Nachnamen anrufen. ›Wie heißt du mit Nachnamen?‹ frage ich sie. – ›Smith‹, sagt Queenie. – ›Scheiße‹, sage ich.

»Wie heißt du mit Nachnamen?« fragte ich Queenie.

»Miller«, sagte sie.

»Mist«, sagte ich.

»Wieso? Was hast du gegen Miller?«

»Nichts. Ein schöner Name, wirklich. Und der Vorname deines Vaters?«

»Hab' ich vergessen, weil ich immer ›Dad‹ gesagt habe.«

»Na, dann viel Vergnügen.«

»Kommst du mit?«

»Ich darf Miodrag nicht im Stich lassen. Er hat mir dieses Frühstückszimmer extra eingerichtet, es wäre einfach unfair, wenn ich jetzt … Du weißt, Deutsche gelten als hundertprozentig zuverlässig.«

Sie setzte sich auf die Bettkante und heulte.

»Laß mir noch ein wenig Bedenkzeit«, bat ich sie, damit sie mit der Flennerei aufhörte.

Sie beruhigte sich, zog die Nase, nickte und fing an, irgend etwas in ihrer Handtasche zu suchen.

Ich wende ein Vermögen für Telefonate auf. Binnen weniger Tage hatte ich mit gut achtzehnhundert Einzelpersonen und Familien namens Miller gesprochen. Niemand hatte je etwas von einem Fräulein Queenie gehört. ›Ich habe zwar noch einige tausend Dollar‹, sage ich, ›aber ich würde sie ungern für Fernsprechgebühren ausgeben.‹ – ›Du solltest dir abgewöhnen, immer nach einer Queenie zu fragen. Das ist mein indischer Spitzname. Ich heiße Mary. Laß uns nach Santa Fe fahren, da wohnt der Mann, der uns weiterhelfen kann.‹ Ich schöpfe neuen Mut. – ›Ein Onkel, ein Freund der Familie?‹ – ›Der beste Astrologe der Welt‹, versichert Queenie, ‚sein Name ist Marcos Lumina oder so ähnlich. Ich habe ihn auf dem Flughafen von Colombo, Ceylon, getroffen. Wir hatten drei Stunden Aufenthalt. Er fragte mich nach meinem Geburtsdatum, fing an zu rechnen, bekritzelte ein Blatt Papier mit Kreisen, Zeichen, griechischen Buchstaben, und eine halbe Stunde später lieferte er eine haargenaue Charakteranalyse plus Zukunftsaussichten. Alle seine Weissagungen sind eingetroffen. Glaub mir, er hat die Adresse in Null Komma nichts raus, braucht nur mal kurz die Augen zu schließen.‹ Ich biege links ab nach New Mexico.

An einem Mittwoch sagte Queenie: »Das ist mein letztes Frühstück.«

»Eine neue Diät?« fragte ich. »Läßt du das Frühstück künftig ausfallen?«

»Mein letztes Frühstück in diesem Hotel«, sagte Queenie. »Ich fahre heute mittag ab.«

»So plötzlich? Was ist los?«

»New York geht mir auf den Geist. Gestern war ich in Brooklyn bei einem Gebrauchtwagenhändler, hatte aber versehentlich kein Geld dabei. Er lud mich in sein Büro ein, wir haben uns lange unterhalten.«

Sie stocherte in den Spiegeleiern rum, piekste in die Dotter, zog das Gelb mit der Gabel zu glibberigen Fäden aus.

»Und?«

»Und was?«

»Hast du ein Auto gekauft?«

»War nicht nötig. Der Händler hat sich anerboten, mich in seinem Wagen kreuz und quer durchs Land zu fahren, notfalls bis Alaska.«

»Nachdem ihr's in seinem Büro getrieben habt.«

»Ja.«

»Mit mir hast du nie geschlafen.«

»Wann denn? Du warst immer am Schreibtisch, wenn ich im Bett lag.«

»Wir haben ja auch nur drei Wochen ein winziges Zimmer geteilt.«

»Joe holt mich um zwölf Uhr ab.«

»Heißt so dein Schrotthändler?«

»Ein feiner Kerl ist das und überzeugt, daß wir meine Eltern finden werden; meint, man müsse dem Schicksal nur entgegenreisen. Er ist gläubiger und praktizierender Buddhist.«

»Queenie, du spinnst. Und jetzt verrat' ich dir was. Ich mag dich.«

»Ich mag dich auch, Mike.«

Ich versah meinen Frühstücksdienst immer nachlässiger. Auf dem Weg vom Platz des Gastes zum Kühlschrank vergaß ich die Bestellung. Jeden Teebeutel verwendete ich mehrmals, goß ihn bis zu neunmal auf, was den Nettoverdienst steigerte, sich aber ungünstig auf das Aroma auswirkte. Der Kaffee war nicht selten der aufgewärmte Rest vom Vortag. Das Rührei war angebrannt oder glich einer matschigen Schleimsuppe. Beim Servieren war ich unfreundlich, hatte eine Zigarette zwischen die Lippen geklemmt. Mein schwarzer Anzug, ausgebeult, fleckig und speckig, gehörte dringend in die Reinigung. Beschwerte sich niemand bei Miodrag? Jedenfalls hat er mir keine Klagen unzufriedener Gäste übermittelt. Nur einmal sagte eine ältere Dame, der ich irrtümlich Knoblauchsalami statt Honig aufgetischt hatte: »Im Hilton haben Sie nicht gelernt, oder?«

Ich vermißte Queenie. Sie wollte eine Postkarte schreiben, wenn es ihr gelungen war, ihre Eltern aufzutreiben. Große Hoffnungen auf Post machte ich mir nicht. Warum bloß bin ich hiergeblieben? Niemals hätte ich es zulassen dürfen, sie schutzlos einem Gebrauchtwagenhändler aus Brooklyn auszuliefern. An jedem zweiten Motel werden sie anhalten, ein Zimmer mieten und sich in rasender Lust auf die gesteppte Tagesdecke werfen. Sie werden einkehren in die landschaftlich schönst gelegenen

McDonald's, lachend in dicke, saftige Doppelburger beißen und sich verliebt in die Augen blicken. Es sind nur noch wenige hundert Meilen nach Las Vegas. Sie machen den kleinen Schlenker, doch bevor sie zum Standesamt schreiten, besuchen sie ein Spielkasino. Joe, selig vor Glück, setzt am Roulettetisch Unsummen auf die absurdesten Zahlen, verliert seine gesamte Barschaft, verpfändet das Auto, verliert auch das, die geplante Hochzeit fällt ins Wasser, Queenie ist am Boden zerstört, nimmt einen Greyhound zurück nach New York und sinkt mir aufschnaufend in die Arme.

»Wird's bald!« ruft ein grämlicher Gast.

»Ab sofort Selbstbedienung«, gebe ich zu verstehen. »Legen Sie den Rechnungsbetrag neben die Kaffeemaschine und nehmen Sie sich das Wechselgeld aus der Zigarrenkiste in der Schublade.«

Ich ging auf mein Zimmer, rasierte und duschte mich, zog meine Freizeitkleidung an, stopfte den schwarzen Anzug in den Papierkorb und suchte Miodrag in seinem Büro auf. An der Wand hingen eine Landkarte von Jugoslawien und ein gerahmtes Foto von Marschall Tito. In dem Regal neben der Tür waren drei Bücher: *Kleine Hotelfachschule*, *Memoiren eines Cowboys* und *Computerprogramme leicht gemacht*.

»Tut mir leid«, sagte ich, »ich kann nicht mehr. Dieser Job ist nichts für mich; hätte es von Anfang an wissen müssen – ein Dichter ist kein Kellner.«

»In anderen Worten«, sagte Miodrag, »du willst eine Gehaltserhöhung. Ich mag keine langen Diskussionen, ab sofort gebe ich dir zehn Dollar mehr pro Woche.«

»Darum geht's nicht«, versicherte ich. »Kapier doch, ich schade deinem Hotel mehr als ich ihm nutze. Der Frühstücksservice ist keine schlechte Idee, aber nicht mit mir als *chef de cuisine*.«

»Ich dachte, du seist mein Freund.«

»Gerade darum will ich kündigen. Ich bin für die Gastronomie nun einmal nicht geschaffen. Da muß ein adrettes Mädchen wirken. Hast du mich in letzter Zeit mal in meinem Kellneranzug gesehen? Da vergeht dir der Appetit. Der Anzug ist übrigens gerade im Papierkorb gelandet. Wenn eine freundliche Jungfer das Frühstück zubereitet und auf den Tisch stellt, werden die Gäste doppelt soviel fressen, was deinem Umsatz zugute kommt.«

»Jetzt hör mir mal zu! Du hast mich überredet, diesen Raum einzurichten, wir haben die teuren Möbel gekauft, den Kühlschrank, die Kaffeemaschine, das Geschirr etc. Und nun willst du das Handtuch werfen, alles hinschmeißen, abhauen.«

»Wer redet denn von abhauen?«

»Ach so, wohnen möchtest du hier bleiben, wie? Damit wir später neben dem Eingang eine Bronzetafel anbringen dürfen: ›Hier hauste ein halbes Jahr lang das deutsche Dichtergenie und vertrieb uns mit seinem Schlangenfraß reihenweise die Gäste‹.«

»Nun hast du es selbst zugegeben«, sagte ich, »meine Breakfasts taugen nichts.«

»Um der Wahrheit willen«, sagte Miodrag, »die Gäste sind begeistert.«

»Wie bitte?«

»Ehrlich. Das Frühstückszimmer ist auf dem Weg, *der* Renner zu werden. Zwanzig Dollar mehr pro Woche, und du bleibst, okay?«

Jetzt hatte ich Oberwasser, war in der Lage, Forderungen zu stellen.

»Ich brauche einen neuen Anzug und eine Assistentin.«

»Eine Assistentin?«

»Queenie.«

»Ich dachte, die sei abgereist.«

»Sie wird wiederkommen.«

»Hat sie geschrieben?«

»Das braucht sie nicht. Wir kommunizieren auf weniger banale

Weise. Die Sprache unserer Herzen benötigt keine Briefmarken.«

»I see.«

»Eine seltsame, gleichwohl wunderbare Frau.«

»Du brühst Kaffee, und deine Queenie spielt Serviermamsell. Ich soll also eine zusätzliche Kraft einstellen, um pro Vormittag durchschnittlich sechs Gäste zu bedienen.«

»Queenie wird durch ihre unkonventionelle Art das Geschäft beleben.«

»Also gut. Aber bis zu ihrer Rückkunft wirst du, wie gewohnt, alleine weiterarbeiten. Sind wir uns einig?«

Ich nickte.

Ein gravierender Fehler mancher Romanciers ist es, die Handlung in quälender Detailfreudigkeit zu entfalten, nicht zügig voranzuschreiten, keine Lücken in der Erzählung zu dulden. Keine Silbe daher über meine Wochen schmerzvollen und vergeblichen Wartens auf Queenie, meine Schlafstörungen, meine quälenden Mutmaßungen – Joe, der neue Roulettekönig von Las Vegas, Jahrhundertgewinne, Berichte in der Zeitung, das strahlende Paar hat unverzüglich geheiratet, befindet sich auf dem Weg nach Hollywood, wo es ein 27-Zimmer-Domizil zwischen den Villen weltberühmter Filmstars erwerben wird. Joe hat seinen Gebrauchtwagen der Kirche geschenkt und ein funkelnagelneues Sportcabriolet gekauft, Queenie wird in Kürze einen Vertrag mit MGM abschließen und die weibliche Hauptrolle in einem Streifen über das Los eines Sektenführers übernehmen. Nichts darüber, sollte ich je meine Zeit als Frühstücksdirektor syntaktisch modellieren, sollte ich Queenies je in einem Werk gedenken. Um es gleich zu sagen, ich habe sie nie wiedergesehen. Zu peinigend wären die dann erneut hervorquellenden Erinnerungen, würde ich meine Bemühungen, sie zu vergessen, in Prosa aufarbeiten. Am besten, ich streiche diese treulose Seele, dieses offenkundig frigide Mädchen aus meinem Gedächtnis und meinen Notizbüchern.

Ich hatte nichts von New York. Vormittags war ich Kellner, danach schlief ich, abends ging ich eine Kleinigkeit essen, dann besorgte ich die Frühstückszutaten für den nächsten Morgen, eine zeitaufwendige Pflicht, da ich mehrere Supermärkte aufsuchte, um sämtlicher Preisvorteile und Sonderangebote teilhaftig zu werden. War das erledigt, begab ich mich auf mein Zimmer, um fernzusehen – Nachrichten (Mord), Gameshows (Geld), einen Film (Mord und Geld). Darüber schlief ich meistens ein. Wenn ich erwachte, war es gewöhnlich Mitternacht, Zeit, der Berufung gerecht zu werden. New York kam in meinem Alltag nicht mehr vor, die Metropole war ausgeblendet, ich hätte ebensogut in Des Moines, Iowa, oder Feldmoching wohnen können.

7

Noch hatte ich den größten Teil meiner Bankbeute. Bliebe ich in New York und bei meinem Job, würde das Geld bis zum Ende meiner Tage reichen. Zwar wohnte ich beengt und wenig komfortabel, aber praktisch mietfrei. Mein bescheidenes Salär genügte für die tägliche warme Mahlzeit in einem Diner oder einer chinesischen Garküche, für einen gelegentlichen Kino- oder Zahnarztbesuch. Aber ich erlebte nichts. Auch mein Innenleben war nicht reich genug, um ein Buch damit füllen zu können. Gewiß, es hat Dichter gegeben, die nie eine Reise unternommen, ja sogar nie ihren Geburtsort verlassen haben, bei der Mutter wohnen blieben, einen langweiligen Brotberuf und keine Weibergeschichten hatten und dennoch derart beneidenswert oft mit geistigen und seelischen Konflikten ringen mußten, daß allmählich ein umfangreiches Gesamtwerk entstand.

Worüber man schreibt, ist Temperaments- beziehungsweise Geschmackssache. Bei bildenden Künstlern verhält es sich nicht anders. Der eine malt am liebsten Blumen, der andere Landschaften oder Porträts. Der Vorteil ist jedenfalls, daß ein Maler keine langwierigen Geschichten ausspinnen muß, er wählt ein Motiv, und schon kann er anfangen. Mit einem Motiv ist es beim Schriftsteller nicht getan. Metaphorisch gesprochen, ist es so: Der Maler sitzt am Wegesrand und blickt in die Gegend, während der Schriftsteller eine lange Wanderung zu bewältigen hat, eine Wanderung mit vielen Umwegen und Übernachtungen.

Beherrscht man die Kunst der Ausschmückung, muß die Handlung nicht allzu ausgreifend und verschlungen sein. Meine Zeit als Frühstücksdirektor wäre ein hinreichender äußerer Rahmen. Nur, ein solches Werk würde unweigerlich in die Kategorie der Arbeiter- und Angestelltenliteratur eingereiht werden, aber ich fühlte mich nicht ausgebeutet.

Im Gegenteil, mir ging es gut, Miodrag, mein Chef, betrat nie den Frühstücksraum, ließ mich in Ruhe, zahlte pünktlich das Gehalt, überprüfte nicht die Abrechnungen meiner Einkäufe in den Supermärkten, erkundigte sich ab und zu nach meinem Wohlergehen, klagte über Steuern, schimpfte auf den Präsidenten und nahm wieder seinen Kampf mit dem Computer auf. Er bereitete mich auf den früher oder später zu gewärtigenden Besuch eines Vertreters der Gesundheitsbehörde vor.

»Wenn der Kerl meckert, daß es keine Toiletten gebe, sagst du einfach, die Gäste könnten jederzeit ihre Zimmer aufsuchen. Wenn er beanstandet, daß die Küche nicht separat sei, sagst du, der Maurer sei schon bestellt, um eine Trennwand einzuziehen. Wenn er ungemütlich wird, weil du bei seiner Behörde den gesetzlich vorgeschriebenen Eignungstest nicht gemacht und dich nie der amtsärztlichen Untersuchung gestellt hast, sagst du, du habest bereits drei Mal telefonisch um einen Termin gebeten.«

Think big! lautet eine gern wiederholte Devise amerikanischen Unternehmergeistes, von der sich jeder anstecken läßt, der auch nur minimalsten Erfolg zu verzeichnen hat. Warum sollte ich nicht meine Idee des Frühstücksservices ausdehnen, mit Hoteldirektoren verhandeln, fingierte Dankschreiben von begeisterten Gästen des Park Savoy vorlegen, auf das europäische Vorbild, die zu erwartende Gewinnmaximierung und neues Werbepotential hinweisen? Eine Frühstücksraumkette, das schwebte mir vor; überall die gleiche geschmacklose Einrichtung, überall das gleiche langweilige Angebot, damit hat es in den USA schon mancher zum Multimillionär gebracht. Solchen Gedankenspielen hing ich nach, wenn ich niemanden zu bedienen hatte, alleine an einem der Tische saß und dösend auf die Aquarelle an der Wand blickte, realistische Kompositionen der sozialistisch gesinnten Schwester von Miodrags Freundin mit Titeln wie: ›Nach der Ernte‹, ›Aufbruch zur Frühschicht‹ und ›Tod eines Streikbrechers‹ – klagende Träume von einer besseren Welt. Ich träumte meinen eigenen Traum. Vom schmuddeligen Kellner zum Großunternehmer, zum Tycoon. Ich wollte Miodrag noch nicht einweihen, beschloß, ihn vor vollendete Tatsachen zu stellen. Wo anfangen?

In Nyack vielleicht. Da war mir bei gewissen Sondierungen ein kleines, schmuckes Hotel aufgefallen. Wird gerne, nehme ich an, von Ferienreisenden und Handelsvertretern aufgesucht, die die hohen Übernachtungskosten in New York scheuen. Zur Vorbereitung: Gang zum Friseur, Erwerb einer grauen Flanellhose und eines kostspieligen Sakkos, eleganter Halbschuhe und eventuell eines Siegelrings. (Der englische Anzug aus Hannover war längst in einer Kleidersammlung gelandet.) In schnittigem Leihwagen vorfahren, unangemeldet auftauchen, nach dem Mittagessen, wenn ein voller Magen, gepaart mit Schläfrigkeit, die Bereitschaft erhöht, einlullend vorgetragenen Anregungen ein geneigtes Ohr zu schenken. Die Inhaberin, eine bezaubernde Mittvierzigerin, bittet mich in ihr Büro. Nach einleitenden Floskeln, das Wetter und die angespannte Wirtschaftslage betreffend, unterbreite ich ihr mein Konzept. Meine Rede begleitet sie mit Ausrufen zustimmender Begeisterung: ›That's wonderful!‹ und ›Simply fantastic!‹ Ich stoße auf keinerlei Widerstand, muß nicht wortgewandt Einwände hinwegfegen oder ihren Optimismus mobilisieren. ›Wir werden das Doppelzimmer im Parterre umgestalten und die Wäschekammer in eine moderne Küche verwandeln‹, sagt sie. ›Nur gegen Ihren Gedanken einer landesweiten Einheitseinrichtung möchte ich protestieren. Ich bin unverbesserliche Individualistin.

Mir schwebt da ganz etwas anderes vor. Letztes Jahr habe ich eine Europareise gemacht, am besten hat mir Bayern gefallen. Diese reizenden, rustikalen Wirtschaften; karierte Tischdecken, in jede Stuhllehne ein Herz gesägt, an der Wand ein geschmackvolles Kruzifix – da gibt es doch einen Ort, wo …‹ – ›Oberammergau‹, sage ich. ›Oberammergau‹, bestätigt sie, ›jedenfalls wissen Sie, was ich meine: gemütlich und originell.‹ – ›Das gefällt mir, wie Sie das anpacken‹, schmeichle ich ihr, ›mit Kultur und Kreativität.‹ – ›Billig wird das natürlich nicht‹, meint sie. – ›Ich garantiere Ihnen‹, sage ich, ›daß in weniger als zwei Jahren der Break-even-point erreicht ist.‹ Dieses Wort stammt aus dem *Wall Street Journal*, das der 21. Gast zurückgelassen hatte. – ›Es hilft nichts‹, stöhnt sie, ›ich muß einen Kredit aufnehmen. Wir gehen gleich rüber zur Bank und reden mit Mr. Pearson.‹ – ›Nichts überstürzen!‹ schreie ich auf. ›Schlafen Sie erst noch mal drüber. So etwas will überlegt sein! Ich melde mich in den nächsten Tagen wieder.‹

Im Grunde war mir klar, daß ich nie Geschäftsmann werden würde; dazu muß man rücksichtslos und durchtrieben sein, sonst wird das nichts. Die Literaturgeschichte ist voll von erschreckenden Beispielen – Schriftsteller, die auf die aberwitzigsten Ideen verfielen, um an Geld zu gelangen. Paul Scheerbart investierte jeden Pfennig, den er erübrigen konnte, in die Erfindung eines Perpetuum mobile und ist schließlich verhungert; Balzac versuchte sich als Verleger, als Leiter einer Druckerei, als Betreiber riesiger Obstplantagen, nur um immer mehr Schulden anzuhäufen; Jack London war zeitweilig Austernpirat und Goldgräber und kam abgebrannter nach Hause, als er fortgezogen war – am Ende haben sie alle nur mit ihren Büchern ein wenig Geld verdient, genug für Miete, Bier und Würstchen mit Kartoffelsalat. Sollte ich Würstchen mit Kartoffelsalat in mein Frühstücksprogramm aufnehmen? Eine typisch deutsche Spezialität, gut gegen Kater und ein erprobter Energiespender für den ganzen Tag.

Alte Traumbücher lehren die Kunst, aus Träumen die Zukunft zu deuten. *Erscheint dir eine schlaffe Maid, / ist hienieden um deine Zeit. / Trägt sie einen Ring in der Hand, / wirst gar bald treten in den Ehestand.* Allein, diese Bücher verraten nichts über den Hintersinn von Tagträumen, wiewohl diese einen kaum weniger unwillentlich heimsuchen als die nächtlichen Gespinste. Mein Dialog mit der herrgottsschnitzerfreundlichen Hotelinhaberin am Ufer des Hudson etwa. Plötzlich hatte ich wieder Angst, der Bankraub könne doch noch aufgeklärt werden. Möglicherweise hatte ein verschrobener Kommissar seinen ganzen Ehrgeiz in die Lösung dieses Falles gesetzt, würde nicht ruhen, bis die Täter hinter Schloß und Riegel sind. In New York City wäre die Akte längst geschlossen worden, doch im friedlichen, nahezu kriminalitätsfreien Nyack, wo der windigste Ladendieb Schlagzeilen macht, freut man sich im Polizeirevier über jede echte Herausforderung.

Er frühstückte bei mir, war von ausgesuchter Höflichkeit, bemühte sich, mich in ein Gespräch zu verwickeln, erzählte mir von seinen deutschen Vorfahren. Sein Ururgroßvater habe laut Familienlegende als Stallknecht bei Ludwig II. gearbeitet. Ich spitzte meine Lippen und ließ einen bewundernden Pfeifton entgleiten. Er war jeden Morgen erneut zur Stelle, brachte am Wochenende einen Bildband mit: ›The Castles of Mad King Ludwig‹. Jetzt war ich gewarnt – kein Gast hat auf seinen Reisen Literatur über den Märchenkönig dabei. Oder machte er in New York nur Zwischenstation? War er auf dem Weg nach Bayern?

»Haben Sie diese Schlösser mal besucht?« fragte ich.

»Leider nein«, sagte er. »Das liebe Geld. Aber irgendwann … und wenn es nach der Pensionierung ist.«

Ich bereitete sein Frühstück zu, er schrieb etwas in einen Kalender. Unter allen Umständen mußte ich Gelegenheit erhalten, einen gründlichen Blick auf diese Notizen zu werfen. Es wäre zu auffällig gewesen, mich hinter ihn zu stellen und die Konversation über seine Schulter hinweg fortzusetzen.

»Entschuldigen Sie mich einen Moment«, sagte ich, verließ den Raum, ging den Flur entlang, drückte den Feueralarm, rannte zurück, riß die Tür auf.

»Schnell!« rief ich.

Er war bereits aufgesprungen, Panik im Blick. Nichts fürchten New Yorker mehr als den Ausbruch eines Feuers. Seit 1866 ist es gesetzlich untersagt, in der Stadt Holzhäuser zu bauen. Der wahre Grund, warum man hier beinahe nirgends mehr rauchen darf, ist das Bestreben, die Brandgefahr zu minimieren, nicht die Sorge um die Gesundheit der Staatsbürger. Meine Rechnung war aufgegangen – er hatte sein Notizbuch auf dem Tisch vergessen. Ich griff es, steckte es ein, sperrte das Frühstückszimmer von außen ab, eilte zur Treppe, schon hörte ich ihn unten die ersten Stufen erklimmen, ich jagte in meine Kammer hoch, sperrte von innen zu, öffnete das Fenster, zwängte mich durch und kletterte die Feuerleiter hinab zur Straße.

Braucht jemand in einem amerikanischen Film ein Taxi, hebt er den Arm, schnippt mit den Fingern, und eine Sekunde später steht eins neben ihm. In New York klappt das auch in der Wirklichkeit, nur in der 58. Straße nicht. Ich raste zur Siebten Avenue, drehte mich um, keine Urenkel von königlichen Stallknechten hinter mir, hielt ein Taxi an, stieg ein, hinten, wie es in den USA üblich ist, schloß knallend die Tür.

»In den Lion's Head«, sagte ich mechanisch.

»You want zoo in Bronx?« fragte der pakistanische Chauffeur. »Dey have whole lion, not only head.«

»Fahren Sie geradeaus weiter und halten Sie Ecke Christopher Street«, sagte ich, »und hören Sie zu hupen auf.«

Er hupte weiter, unausgesetzt, penetrant.

»Öffnen Sie mal die Trennscheibe«, rief ich.

Er reichte hinter sich, schob das Panzerglas zur Seite; ich versetzte ihm eine gewaltige Kopfnuß, er hörte zu hupen auf.

Paul war nicht da.

»Ist mal wieder auf Urlaub in Florida«, sagte Dennis, der diensthabende Bartender. »Macht ziemlich häufig Urlaub in letzter Zeit. Möchte wissen, wo er das Geld her hat?«

»Wahrscheinlich ein Lottogewinn oder eine Erbschaft.«

»Ja, wahrscheinlich«, sagte Dennis. »Und wie geht's dir? Alles in Butter? Warst lange nicht mehr hier.«

»Kann nicht klagen«, sagte ich. »Hab viel gearbeitet und mich ein wenig im gastronomischen Bereich umgetan.«

»Im gastronomischen Bereich? Hast du einen Hot-dog-Stand auf der Fünften Avenue?«

»So was ähnliches. Wäre übrigens nicht das Schlechteste.«

»Stimmt. Die Penner bringen mehr Kohle nach Hause als unsereins.«

Ich bestellte einen Gin Tonic und zog das Notizbuch aus meiner Jackentasche, blätterte es von hinten durch, bis ich die letzten Eintragungen gefunden hatte. Kleine, gestochen scharfe Handschrift, mühelos zu entziffern. Ich las:

›Mieser Kellnerjob soll Bedürftigkeit vortäuschen. Spielt den naiven, hilflosen Dichter in der Fremde.

In sein Zimmer eingedrungen, während er Frühstücke vorbereitet. Manuskripte fotografiert. Alles auf deutsch. Muß übersetzt werden. Wenn ein Schriftsteller was Aufregendes erlebt hat, schreibt er gewöhnlich darüber.

Fotos vergrößern lassen und Fritz gebracht. Soll sich mit Übersetzung beeilen. Vorschuß bezahlt.

Mit einem der Manager (Miodrag) über ihn gesprochen. Verdächtiger war offenbar einige Zeit außer Landes untergetaucht.

Hat nach Rückkehr Konto bei First Manhattan eröffnet. Eingezahlte Summe gut drei Viertel seines Anteils, falls sie die Beute untereinander halbiert hatten.

Unbemerkt Kaffeelöffel gestohlen. Fingerabdrücke. Hat keine in Nyack hinterlassen. Möglicherweise identisch mit denen im Mietwagen.

Übersetzung von Fritz gelesen. Konfuses Zeug über Frauen (Melina, Queenie), vermutlich erfunden. Übliches Gejammere. Nichts Brauchbares.‹

Jetzt bloß nicht gehetzt und nervös wirken. Ich legte eine Fünf-Dollar-Note auf den Tresen.

»Bis heute abend, Dennis«, sagte ich gähnend und schlenderte raus.

Ging zur nächsten Filiale der First Manhattan Bank, wies meinen Paß vor, den ich immer bei mir trug, weil das ein Gesetz von Immigranten fordert, hob mein Geld bis auf zehn Dollar ab, da ich es aus irgendeinem Grund für klug hielt, mein Konto nicht aufzulösen. Und aus irgendeinem Grund hielt ich es für ebenso klug, nicht mit einem Taxi zum Flughafen zu fahren. In die Subway Station an der 4. Straße getaucht und Dennis angerufen: »Falls jemand nach mir fragt, ich bin am Nachmittag zurück; will noch ein bißchen in Antiquariaten stöbern. Und wenn Paul aus seinem Urlaub kommt – schönen Gruß von mir, er soll sofort wieder nach Florida oder am besten nach Mexiko fahren, aber nicht über Nyack.«

»Was?«

»Er wird es verstehen.«

Die A-Train nach Howard Beach genommen, von dort aus den Bus. Keine Bullen in Sicht, keine Zivilbeamten mit Handschellen in Bereitschaft. Tafel mit den Abflugzeiten studiert – in einer knappen Stunde nach Frankfurt. Ticket gekauft, nur noch Business Class. Okay, was macht's? Einchecken.

»Ihr Gepäck, Sir?«

»Bringt mein Butler gleich vorbei.«

Durch die Radarkontrolle. Unkonzentrierte Zeitungslektüre. Wenn nur dieses rabiate Rauchverbot nicht wäre! Eingang verstohlen im Auge behalten; erscheint jemand ohne Handgepäck, ist es aus. Mehrfaches Aufsuchen der Herrentoilette, Blase wie zugeschnürt, Erinnerung an Filme, der Desperado flieht durchs Klofenster. Wie wär's mit einem Gelübde? Franz Werfel hatte geschworen, *Das Lied von Bernadette* zu schreiben, würde er sicher in die Neue Welt gelangen. Ich könnte was Ähnliches über Joseph Smith zu Papier bringen; müssen ja keine achthundert Seiten werden, zumal eine Atlantiküberquerung im Flugzeug wesentlich schneller geht als mit einem Ozeandampfer. Eindrucksvollstes Kapitel: Ein Engel überreicht Mr. Smith das auf Silbertafeln (oder war es Gold?) gestanzte Buch Mormon. »Bitte halten Sie Ihre Boardingcard bereit. Frauen mit Kindern zuerst.« Wie bei der Titanic. »Dann die Passagiere der ersten und Business Class.«

Wunderbare Beinfreiheit; aber nur Männer; jeder mit Aktenköfferchen und Handy. Sammler ihrer künftigen Todesanzeigen. *Seit der Gründung unserer Firma stets tatkräftig … verpflichtendes Vorbild … ehrendes Andenken …* Bei Dichtern gibt es kaum Traueranzeigen, aber den ein oder anderen Nachruf. Kein einziger wird über mich erscheinen, wenn ich nicht bald was auf den Markt bringe. *Er war einer der Stillen im Lande. Das Fragmentarische seines umfangreichen Nachlasses ist Ausdruck persönlicher Zerrissenheit in einer Zeit, in der das vollendete Kunstwerk keinen Platz mehr hat.* Mein Nachlaß! Die Kiste mit den Manuskripten! Amerikanischen Boden durfte ich nie wieder betreten, also würde ich keine Gelegenheit haben, sie abzuholen. Miodrag schreiben und ihn bitten, mir die Papiere zuzuschicken? Ebensogut könnte ich gleich der Polizei in Nyack meine neue Adresse mitteilen. Welche Adresse? Vielleicht das Untersuchungsgefängnis in Frankfurt, wenn man mich am Zielflughafen festnimmt und abführt. Und wenn nicht, wohin sollte ich gehen? Mein Lebenswerk im Park Savoy – unerreichbar und auf ewig verloren, meine Zukunft ein Scherbenhaufen, noch ehe sie begonnen hatte. Mir wurde schwindlig, ich stieß ein lang anhaltendes röchelndes Stöhnen aus. Da ich bereits bequem angelehnt saß, brauchte ich nicht mehr zurückzusinken.

Vielleicht war ich im Frankfurter Airport nur nicht verhaftet worden, weil die Bullen in einem Stau feststeckten. Also möglichst kurzer Aufenthalt, keine Besichtigung des Goethe-Hauses etc., spornstreichs zum Hauptbahnhof und in eine Großstadt gefahren.

»Gerade heute früh habe ich gedacht, der könnte sich auch mal wieder melden. Und jetzt stehst du vor der Tür. Schneller als erwartet, muß ich zugeben. Komm rein. Wo ist dein Gepäck?«

Rossis Überraschung war nicht gespielt. Sie ist eine Frau, die nicht zu heucheln vermag, die Emotionen verbirgt oder klar und ehrlich ausdrückt.

»Du hast Glück«, sagte sie, »ich war vorhin beim Metzger und habe ein Pfund Gelbwurst gekauft. Als ob ich's geahnt hätte.«

Ohne zu fragen, machte sie sich sogleich an die Arbeit, holte Semmeln aus dem Brotkasten, Butter und die Wurst aus dem Kühlschrank.

»Hast du neue Comics gezeichnet?« fragte ich.

»Das hat Zeit. Jetzt ißt du erst mal und erzählst mir deine neuesten Abenteuer. Kaffee ist gleich fertig.«

Ich berichtete, was es zu berichten gab; von meinem Ausflug ins Beköstigungswesen, von Queenie und meiner Flucht vor dem Zugriff der Gerechtigkeit. Nachdem ich geendigt hatte, schwieg sie, sah mich lange an, hob ihren rechten Arm und haute mit flacher Hand auf den Küchentisch.

»Es ist nicht zu fassen!« rief sie. »Frühstücksdirektor! Wie willst du daraus einen Roman machen? Wen interessiert das? Ich will's dir verraten – keine Sau. Wenn du dich mit dieser Queenie auf die Socken gemacht hättest, ja, da wäre ein klasse Roman bei rausgekommen, Reiseerlebnisse, Sex, Spannung und wie geschaffen für eins der ewigen Roadmovies, auf die die Amis so geil sind.«

»Du hast recht«, sagte ich.

»Und der Kriminaler aus Nyack hätte dich auch nicht gefunden.«

»Du hast recht.«

»Wie kann ein Mensch so blöd sein! Ich begreife dich nicht. Frühstücksdirektor! Warum nicht gleich ein Würstchenstand!«

»Ist übrigens nicht das Schlechteste. Die Penner bringen mehr Kohle nach Hause als die meisten Schriftsteller.«

»Aber sie haben schlechte Karten, was Ruhm und Unsterblichkeit anbetrifft.«

»Es sei denn, sie schreiben ein sozialkritisches Buch über ihre Tätigkeit.«

»Wenn einer jahrelang bei der Stange bleibt, kann er so etwas durchaus versuchen. Dein Fehler ist, daß du unentwegt etwas anderes machst – ein paar Semester nicht studieren, ein paar Wochen Kohlenschipper, auswandern, rückwandern, da eine Affäre, dort eine Freundin, ein bißchen Cornflakes servieren, einen lumpigen Banküberfall. Wenigstens da hättest du weitermachen sollen.«

»Die meisten Bankräuber landen im Knast, weil sie nicht aufhören können«, belehrte ich sie. »Hat es einmal geklappt, heißt das noch lange nicht, daß es immer klappt. Die Polizei erkennt bereits beim zweiten Mal die Handschrift des Gangsters, wertet die Spuren aus, und der Rest ist nur noch Routine.«

»Man darf eben keine Spuren hinterlassen«, sagte Rossi.

»Jeder Verbrecher hinterläßt Spuren, auch wenn er noch so umsichtig ist.«

»Vor allem, wenn er keine Handschuhe trägt.«

»Daran siehst du, daß ich kein Profi bin. Ich habe Glück gehabt, und damit ist dieses Kapitel abgeschlossen.«

»Wieder nur ein Kapitel und kein Roman«, schimpfte Rossi. »Warum hast du das nicht fortgeführt? Selbst wenn du einige Jährchen hinter Gittern verschwunden wärst – Verleger mögen derlei, läßt sich gut vermarkten.«

»Zu spät.«

»Keineswegs. Du mußt hier nur frisch wieder anfangen. Den Trick mit der Telefonzelle hat in der EG noch niemand ausprobiert. Und wenn du auf Bankraub keinen Bock mehr hast – mein Gott, es gibt tausend Möglichkeiten, kriminell zu werden. Anregungen kannst du dir in jeder Tageszeitung holen.«

»Ich werde darüber nachdenken«, sagte ich. »Ist noch etwas von der Gelbwurst da?«